Jens Wonneberger
Die Pflaumenallee

Jens Wonneberger

Die Pflaumenallee

Roman

Steidl

1. Auflage 2006

Umschlaggestaltung: Steidl Design/Claas Möller
unter Verwendung einer Fotografie von Milan Horacek
Satz, Druck, Bindung:
Steidl, Düstere Str. 4, 37073 Göttingen
www.steidl.de
Printed in Germany
ISBN 3-86521-332-4
ISBN 13: 978-3-86521-332-7

I

Er habe wirklich nichts gegen Kinder, sagte Bergheimer, natürlich nicht, warum denn auch, aber diese Art Spielplätze sei doch wohl eine Frechheit, jawohl eine Frechheit. Alles betoniert, sagte er, alles mit Kleinpflaster versiegelt, überall seien diese Gummibahnen und Kunststoffmatten und Edelstahlbleche ausgelegt, alles geradezu gefliest, jederzeit auch abwaschbar, mit einem Schlauch ganz praktisch abzuspritzen, keimfrei wie eine riesige ausgekachelte Sanitärzelle. Bergheimer stand, die Finger in den dunkelgrünen Maschendrahtzaun gehakt, vor dem Spielplatz und blickte angewidert auf die hinter dem Gitter zu einer Spiellandschaft gruppierten Geräte und Anlagen. Das Tor war geschlossen, es mußte, wie die Glocken der nahegelegenen Heilig-Geist-Kirche mit penetranter Bestimmtheit verkündeten, gerade zwanzig Uhr geworden sein. Zwanzig Uhr, da sei natürlich schon abgeschlossen, sagte Bergheimer, obwohl man der Kirche mißtrauen müsse, er jedenfalls habe der Kirche immer mißtraut, nicht nur was die Uhrzeit betreffe. Man müsse sich das vorstellen, ein abgeschlossener Spielplatz, ein eingezäunter Spielplatz, eine Zuchtanstalt sei das, ein Hort der eingeschränkten Bewegung und des hygienisch unbedenklichen Spiels. Immer wieder höre man ja, daß die Kinder unsere

Zukunft seien, er aber, Bergheimer, frage sich, was das denn für eine Zukunft sein solle, deren Vertreter auf solchen vergitterten Spielplätzen großgeworden seien. Jawohl Vertreter, alles zukünftige Vertreter, für Gartenschläuche, Rasenmäher, Staubsauger und Auslegware. Und dann ausgerechnet hier, wo bis vor ein paar Wochen die Bank gestanden habe, sagte Bergheimer, nichts als ein friedliches Fleckchen mit ein paar Holunderbüschen und einem alten, schon etwas rostigen Klettergerüst sei das gewesen, mit einem von morschen Brettern umrandeten Sandkasten und eben dieser Bank, seiner Bank. Nie sei hier abgeschlossen gewesen, nicht einmal einen Zaun habe es gegeben, jetzt sei immer abgeschlossen, weil die Leute alle paar Jahre die Spielplätze umgestalteten. Genauso wie sie ihre Wohnungen und Häuser alle paar Jahre modernisierten, gestalteten die Leute auch die Spielplätze ihrer Kinder alle paar Jahre radikal um. Ein vorstehender Nagel oder ein abgeplatzter Holzspan, sagte Bergheimer, und schon rufe eine besorgte Mutter beim zuständigen Referenten im Rathaus an und verlange die völlige Erneuerung und Umgestaltung des Spielplatzes. Und dann, behauptete Bergheimer, vergingen ein paar Wochen, in denen immer mehr besorgte Mütter, auch solche, die vorher noch nie auf dem betreffenden Spielplatz gewesen seien, im Rathaus beim für Spielplätze zuständigen Referenten anriefen, schließlich eine Selbsthilfegruppe gründeten und mittels einer Unterschriftenaktion die radikale Erneuerung und Umgestaltung des Spielplatzes verlangten. Selbstverständlich kindergerecht, was aber, da war Bergheimer sich sicher, in diesem Fall immer nur müttergerecht bedeute, und natürlich abschließbar. Und der für Spielplätze zuständige Referent oder Sachbearbeiter, schließlich vielleicht sogar der Bürgermeister persönlich, redeten eine Weile von knappen Kassen, gebundenen Mitteln, angespannter Haushaltslage, um letztendlich doch vor dem Protest der Mütter zu kapitulieren und den betreffenden Spielplatz wegen eines hervorstehenden Nagels oder eines abgeplatzten Holzspans radikal umzugestalten. Denn nichts funktioniere so gut wie die Solidarität innerhalb eines Spielplatzmütterkreises, die ihrerseits genau so gut funktioniere wie andererseits die mütterliche Rivalität betreffs des Entwicklungsstandes der Kinder. In Wahrheit sei der Spielplatz eine Bühne, auf der die Mütter paradierten und mit den Fortschritten ihrer Sprößlinge prahlten. Jeder Schritt und jedes Wort und jeder Zahn werde gefeiert und bestaunt wie die allergrößte Sensation.

Seine Bank sei eine ganz normale Bank gewesen, eine klassische Holzbank mit auf den geschwungenen Unterbau aus Stahl geschraubten Latten, die dunkelgrüne Farbe auf der Sitzfläche längst abgeschabt, sagte Bergheimer zu mir, der ich hinter ihm stand und diese Bank ja kannte; jeden Riß und jeden Ast im Holz kannte ich, weil ich in den letzten Wochen mit Bergheimer oft auf dieser seit Jahren zwischen den Büschen stehenden Bank gesessen hatte, immer nach acht und zu einer Zeit, da noch niemand auf den Gedanken gekommen wäre, einen öffentlichen Spielplatz abzuschließen. Immer wieder hatten meine Fingernägel, während ich Bergheimer zuhörte und überlegte, wie ich ihm und seinen Reden entkommen konnte, die Risse und Knoten des Holzes nachgezeichnet, seine Belehrungen über die alte Bank waren also völlig überflüssig.

Er sei es gewohnt, auf harten Bänken zu sitzen, sagte Bergheimer, ein Leben lang habe er auf harten Bänken gesessen, das präge. Aber jetzt, was sei das jetzt für eine lächerliche Bank, eine Bank mit Stahlfedern unter der Sitzfläche, damit die Mütter die gleichen Bewegungen vollführen könnten wie die von ihnen zu beaufsichtigenden Kinder auf diesen albernen, mit Entchensitzen und Hundchensitzen gekrönten Stahlfedern, um die natürlich weiche Kunststoffmatten ausgelegt seien und auf denen, sagte Bergheimer, die Vertreter unserer Zukunft hin und her wippten wie leibhaftige Autisten. Irgendwann aber stiegen sie von ihren Rössern und begännen, aufeinander einzuschlagen, und keiner greife ein, weil ihre Mütter in sanftem Wippen gerade die neuesten, die Pädagogik betreffenden Veröffentlichungen aus der aktuellen Fernseh- oder Apothekerzeitschrift diskutierten. Verfluchte Scheiße, sagte Bergheimer und schlug mit den flachen Händen gegen den übermannshohen Maschendraht, so daß der Zaun mit einem rasselnden Geräusch erzitterte, vor dem Bergheimer erschrocken einen Schritt zurücktrat und nun direkt vor mir stand, so nah, daß ich sehen konnte, wie auch er zitterte. Und was nun? Ich sagte nichts, zuckte nur mit den Schultern, weshalb Bergheimer seine Frage wiederholte: Und was nun? Wir könnten in den Goethepark gehen, schlug ich vor, auch dort gebe es schöne Bänke. Das sehe mir ähnlich, regte sich Bergheimer auf, er denke gar nicht daran, in den Goethepark zu gehen, die Bänke im Goethepark könnten ihm gestohlen bleiben, er lasse sich nämlich nicht einfach vertreiben von seiner angestammten Bank, schließlich habe man ja noch Rechte in diesem sogenannten demokratischen Rechtsstaat. Er ging zum Tor, neben dem ein golden glänzendes Messingschild verkündete, daß der Spielplatz mit Hilfe von Fördergeldern des Bundes und mit der Unterstützung der hiesigen Stadtsparkasse gebaut worden sei. Das sehe denen ähnlich, ereiferte sich Bergheimer, ohne näher zu erklären, was denn wem ähnlich sehe. Außerdem sei auch der Goethepark in den letzten Jahren radikal umgestaltet worden, und zwar besenrein umgestaltet, sagte Bergheimer, Betonpflaster, Bordsteinkanten, Hundekottütenspender, der ganze Park erinnere ihn heute eher an einen Platz voller Topfpflanzen, aus dem schönen verwilderten Goethepark sei ein aufgeräumter Geheimratsplatz geworden. Er werde jetzt einfach über das Tor steigen, sagte er, schließlich stünden die mit Mitteln des Bundes und der hiesigen Stadtsparkasse erworbenen Einrichtungen der Allgemeinheit, also auch ihm, zu, und das nicht nur vor zwanzig Uhr.

Zunächst sah es eher wie eine hilflose Geste, nicht wie ein wirkliches Vorhaben aus, als Bergheimer seine Arme streckte, die Finger in das Eisengitter des Tors hakte und sich nach oben zog, bis er sein linkes Bein anwinkelte und der Fuß auf der Türklinke Halt suchte, diese dabei nach unten drückte, worauf sich die Tür öffnete und mit dem sich nun schon in beträchtlicher Höhe festklammernden Bergheimer langsam in Richtung Spielplatz schwenkte. Das sehe denen ähnlich, sagte Bergheimer noch einmal, als er von der Tür gesprungen war und nach einem leichten Straucheln, bei dem sich sein Gesicht vor Schmerz verzerrte, wieder auf beiden Beinen stand. Ein abschließbarer Spielplatz, und dann sei nicht einmal abgeschlossen! Eine Schlamperei sei das, dieser Spielplatzwärter müsse eine Schlafmütze sein, aber so beginne es immer, eine kleine Unachtsamkeit, und ein paar Wochen später sei der ganze gerade erst radikal umgestaltete Spielplatz verwüstet. Von den Jugendlichen, die ja heutzutage nichts anderes im Sinn hätten, als neugeschaffene Werte zu vernichten und die Gemeinschaft wo nur immer möglich zu schädigen. Schließlich seien hier Mittel des Bundes verbaut worden, Steuergelder mithin, da höre der Spaß auf, auch seine, Bergheimers, mühsam aufgebrachten Steuergroschen seien hier verbaut worden und zwar ungefragt. Das Steueraufkommen, habe er gelesen, sei in den letzten Jahren rapide zurückgegangen, keiner zahle mehr seine Steuern, besonders die sogenannte Großindustrie, keine müde Mark zahle die Großindustrie, während er als kleiner Mann immer seine Steuern aufgebracht habe. Euro, sagte ich genervt. Um so schlimmer, antwortete Bergheimer. Aber egal, setzen wir uns. Im Vorbeigehen tippte er gegen den Entchensitz, der daraufhin, begleitet von einem leisen, rhythmischen Quietschen, immerfort nickte, als wolle er jedes von Bergheimers Worten bestätigen.

Alles was recht sei, sagte Bergheimer zufrieden, nachdem wir Platz genommen hatten, streckte die Beine aus und lehnte den Oberkörper nach hinten, so daß die Bank sanft zu wippen begann. Was ich denn heute mitgebracht hätte, wollte er wissen. Ich packte den Rotwein aus und stellte die Flasche neben mich, genau dahin, wo zwischen seinem rechten und meinem linken Schenkel eine Möse in die polierte Sitzfläche der Bank geritzt war. Da haben wir es, sagte Bergheimer triumphierend, steht noch keine Woche da die Bank, und schon haben sie eine Möse ins Holz geritzt. Immer sei es eine Möse oder ein Hakenkreuz, sagte er, als sei das das gleiche. Er habe eigentlich auf Bier gehofft, den ganzen Tag habe er sich darauf gefreut, am Abend mit mir auf seiner Bank sitzen zu können und Bier zu trinken, nun aber sitze er in diesem Schaukelstuhl und es gebe Rotwein. Nun gut, sagte Bergheimer, er werde auch das überstehen, man müsse sich eben umstellen können, man müsse heute flexibel sein, er, Bergheimer, sei flexibel, obwohl es ja gerade ihm besonders schwerfalle, flexibel zu sein. Ich wisse doch, sein Unfall, seit seinem Unfall sei er ein Krüppel. Er zog sein linkes Hosenbein ein Stück nach oben und klopfte zum Beweis mit den Knöcheln seiner zur Faust geballten Hand gegen die Kunststoffprothese. Erstklassige Arbeit, sagte er, perfekte Imitation, fleischfarben und durchaus praktisch, beinhart, sogar Türen könne er damit öffnen, ich sei sein Zeuge, aber im Kopf sei er dennoch ein Krüppel, für den Kopf gebe es keine Prothese. Bergheimer hatte das Hosenbein wieder nach unten gestreift und schlug sich nun mit den Fäusten gegen den Kopf. Da drin sei die Wirklichkeit nicht zu überlisten, da drin quietschten noch immer die Bremsen des Zuges, ein Geräusch, das durch Mark und Bein gehe. Mark und Bein, wiederholte Bergheimer, wie lächerlich, sogar die banalsten Redewendungen seien in seinem Fall nicht mehr zu gebrauchen. Um sich gerecht zu werden, müsse er einen Teil der Sprache amputieren, genauso wie ihm nach dem Unfall ein Teil seines Körpers habe amputiert werden müssen. Er könne nur noch eine Krüppelsprache sprechen. Nichts in seinem Leben habe mehr Hand und Fuß, seit er damals von diesem einfahrenden Zug gesprungen, von der Bahnsteigkante abgerutscht und mit dem linken Fuß unter die Räder gekommen sei. Erst verzögert habe er den Schmerz gespürt, während er alles andere in diesen ersten Sekunden überdeutlich wahrgenommen habe, so als habe sein Gehirn vor der Intensität der einströmenden Empfindungen kapituliert oder sich der Kenntnisnahme des Schmerzes durch die Schärfung aller anderen Sinne verweigert. Das Quietschen der Bremsen, die sich langsam von Waggon zu Waggon fortpflanzende Verzögerung der Bewegung, das Erschlaffen der Kupplungen, das Aneinanderstoßen und Zusammenschieben der Puffer, den unter den Wagenböden hervorquellenden Dampf, all das habe er bemerkt und gespeichert, obwohl sein Fuß schon zerquetscht und blutend neben der Schiene gelegen habe. Höchstens, daß er das Knirschen der Knochen gehört habe, was aber im Lärm des Zuges völlig unmöglich gewesen sei, und doch sei er sich sicher, das Geräusch brechender Knochen seit diesen Sekunden zu kennen. Aber egal, das sei lange her, nun könne er sich wenigstens links keinen kalten Fuß mehr holen, sagte Bergheimer lachend, darauf könne man doch trinken. Er nahm einen Schluck und reichte mir anschließend die Flasche. Spielplatzpförtner, warum denn nicht Spielplatzpförtner, der Job sei ihm geradezu auf den Leib geschrieben, auf seinen Restleib, er habe nichts gegen Kinder, und außerdem kenne er hier im Viertel jeden; obwohl keiner ihn kennen wolle, kenne er jeden. Aber der Besenlaub habe den Job bekommen, ausgerechnet der Besenlaub, man sehe ja, was dabei herauskomme, der Besenlaub sei eine Schlafmütze, und doch stehe er, der Besenlaub, mit beiden Beinen im Leben, und das spreche für den Besenlaub, obwohl sonst nichts für den Besenlaub spreche. Der Besenlaub sei ein eigenes Kapitel, irgendwann werde er mir alles über dessen Durchtriebenheit erzählen, aber er wolle sich diesen Abend jetzt nicht auch noch mit Gedanken an die Schlafmütze Besenlaub verderben.

Abgesehen von der neuen Bank und dem neuen Spielplatz war es kein besonderer Abend, es war ein Abend wie all die anderen, die wir auf der alten Bank sitzend und einer immer gleichen Dramaturgie folgend zusammen verbracht hatten, ich war für die Getränke zuständig, Bergheimer sorgte für den Fortgang des Gesprächs. Die Gespräche mit Bergheimer waren meist nur Monologe von Bergheimer, für dessen hohe und brüchige, immer etwas heiser klingende Stimme die von mir mitgebrachten Getränke die nötige Ölung waren. Von Rotwein bekomme er einen trockenen Mund, sagte Bergheimer und nahm noch einen Schluck aus der Flasche, seine Schleimhäute überzögen sich mit einer pelzigen Schicht, gegen die nur ein erneuter Schluck eine zumindest kurzzeitige Hilfe sei, irgendwann aber werde seine Zunge vom vielen Rotwein schwer. Rotwein sei ein Getränk für Zuhörer und Beobachter, er als Redner bevorzuge Bier. Bier verhindere die Reizung seiner Stimmbänder, und er habe überaus leicht reizbare Stimmbänder. Vor Jahren habe er sich deshalb sogar einer Stimmschulung unterzogen. Der Logopäde habe davon gesprochen, daß eine kräftige, sonore Stimme sein, also Bergheimers, öffentliches Ansehen steigern und seinem beruflichen Weiterkommen dienlich sein werde. Eine kräftige Stimme sei gleichbedeutend mit einer gefestigten Persönlichkeit, so der Stimmbildner. Der Logopäde sei sich der Wirkung seiner kräftigen, sonoren Stimme so sicher gewesen, daß er es offenbar für überflüssig gehalten habe, seinem Gegenüber auch nur ein einziges Mal in die Augen zu sehen, statt dessen habe er unentwegt den Sitz seiner tadellos sitzenden Krawatte kontrolliert und die vor ihm auf dem Schreibtisch liegenden Stifte linksbündig ausgerichtet. Der Logopäde also habe bei ihm aufgrund der hohen, immer etwas heiser klingenden Stimme sogar auf ein übersteigertes Abhängigkeitsverhältnis zu seiner Mutter geschlossen. Einen Moment lang sei

Bergheimer darüber sprachlos gewesen, dann habe er die Behandlung abgebrochen, dieser Logopäde, sagte er, sei ein Scharlatan gewesen.

Ich wußte, daß Bergheimer ohne seine Mutter aufgewachsen war. Bergheimer war ein Scheidungskind, seine Mutter hatte ihn in die Obhut seiner Großeltern aufs Land gegeben, erst immer nur ein paar Tage, dann über Wochen, nach ihrer erneuten Heirat schließlich ganz. Die Lehrerin, die ihn eines morgens in unser Klassenzimmer geführt und als neuen Mitschüler vorgestellt hatte, nannte ihn ein Waisenkind. Während sie sprach, hatte sie eine Hand auf seine Schulter gelegt und sich zu ihm herabgebeugt. Es war die gleiche Geste, mit der sie am Tag zuvor im Biologieunterricht dem auf dem Lehrertisch aufgestellten Kunststofftorso die Lungenflügel entnommen und auf das Herz gezeigt hatte. Sie sah Bergheimer an, nicht uns, als sie sagte, er käme aus der Großstadt und sei ein Waisenkind. So wie sie es sagte, klang es, als stünden diese beiden Dinge in einem logischen, untrennbaren Zusammenhang. Wir könnten uns sicher vorstellen, was das bedeute, sagte sie zu ihm, und sie wisse, daß sie sich auf uns verlassen könne. Sie nannte uns meine Kinder. Wir waren damals neun Jahre alt und wußten sie zu enttäuschen.

Man müsse den Ärzten mißtrauen, sagte Bergheimer, besonders den Pseudodiagnosen der sogenannten Fachärzte müsse man mißtrauen, jeder Augenarzt sei doch heute in der Lage, bei jedem beliebigen Patienten eine Sehschwäche zu diagnostizieren, für jeden Kieferorthopäden weise selbst eine makellose Zahnstellung irgendeinen Schönheitsfehler auf und so weiter. Ärzte, Fachärzte zumal, seien geradezu natürliche Feinde eines mit seinem

Körper zufriedenen Menschen, er als Krüppel wisse, wovon er spreche. Er habe sich mit seinem Zustand nämlich längst abgefunden, nur der ihn behandelnde Fachidiot von Orthopäde wolle sich mit seinem, also Bergheimers, Zustand nicht abfinden, als sei das durch die Prothese verursachte leichte Hinken eine Beleidigung seiner Kunst. Noch heute, nach all den Jahren, bestelle er ihn immer wieder ein, und er, Bergheimer, müsse mit seinem Kniestumpf und der daran befestigten Prothese die absurdesten Übungen vollführen, die seiner Beweglichkeit dienen sollten. Hippokratische Taschenspielertricks, sagte Bergheimer. Wie ein umgekippter Käfer liege er auf dieser Orthopädenpritsche und strample mit den Beinen. Er müsse seine Prothese vergessen, verlange der Orthopäde jedesmal und frage ihn beim nächsten Termin sofort, wie es denn seiner Prothese gehe. Der Orthopäde setze alles daran, den Kniestumpf und die daran befestigte Prothese vor der Öffentlichkeit zu verbergen, dies könne aber nur gelingen, wenn er letztlich ihn, also Bergheimer, vor der Öffentlichkeit verbergen würde, wahrscheinlich denke er schon an seine Einlieferung.

Wie ich wisse, habe er seine halbe Kindheit auf dem Land verbracht, und zwar unfreiwillig, seine halbe Kindheit habe im Zeichen der Landverschickung gestanden, aber vielleicht sei gerade das ja sein Glück gewesen. Auf dem Land nämlich, sagte Bergheimer, gebe es keine Fachärzte und keine abschließbaren Spielplätze, seine Kindheit und Jugend auf dem Land habe verhindert, daß er wegen irgendeines angeblichen Makels unentwegt zu Therapiesitzungen geschleppt wurde oder sein Leben heute als Vertreter für Herdabdeckhauben fristen müsse. Ich bräuchte mich nur umzuschauen, überall hinter den Fensterscheiben der umliegenden Häuser stünden jetzt diese Vertreter und schauten, während sie auf den Beginn des Abendfilms warteten, mißtrauisch zu uns herunter. Ihr täglicher Feierabend bestehe aus dem Warten auf den Abendfilm und dem anschließenden Ansehen des Abendfilms, dessen Ende sie aber nur selten erleben würden, weil die Anstrengungen ihres Vertreterdaseins ihnen noch vor Beendigung des Abendfilms die Augen zuzögen. Bald säßen sie in ihren Sesseln und Schaukelstühlen und schliefen den Schlaf des Gerechten. Ihm könne man nichts vormachen, er kenne sie alle, vielleicht stehe sogar der Besenlaub jetzt hinter einer dieser Fensterscheiben und werde sich gerade in diesem Moment seines Versäumnisses betreffs des Spielplatzes bewußt. Aber natürlich werde der Besenlaub sich seine Verfehlung nicht eingestehen, statt dessen werde der Besenlaub als diensthabender Spielplatzwärter jetzt ihre Namen notieren und irgendwann bei der zuständigen Stelle Meldung machen. Er habe keinen Zweifel, daß es eine diesbezüglich zuständige Stelle gebe und der Besenlaub ihre Namen wisse, der Besenlaub wisse alle Namen im Viertel, im Grunde sei es ja hier nicht viel anders als auf dem Land, wo auch jeder den Namen des anderen wisse, aber natürlich keiner den anderen kenne. Es sei kein Zufall gewesen, sagte Bergheimer, daß er mich nach Jahren hier in der Stadt wiedergetroffen habe, auch den Besenlaub habe er nach all den Jahren in der Stadt wiedergetroffen, alle ziehe es als junge Menschen irgendwann vom Land in die Stadt. Immer wieder lese er von der sogenannten Landflucht, Statistiken sollten das belegen, aber man müsse allen Statistiken mißtrauen. Nicht umsonst werde ja der Satz, nach dem man nur den Statistiken trauen könne, die man selbst gefälscht habe, als geflügeltes Wort bezeichnet. Natürlich müsse man auch allen geflügelten Worten mißtrauen, man sage ja auch, daß die Zeit alle Wunden heile, was natürlich völliger Blödsinn sei und nur ein billiger Trost, aber geflügelte Worte würden eben nur deshalb zu geflügelten Worten, weil sie doch auch die Wahrheit sagten, genauso wie Klischees nur aus diesem Grund zu Klischees würden. Die einzige Statistik jedenfalls, die ihn wirklich interessiere, sei eine Statistik über die aus Statistiken allzu leichtfertig gezogenen Fehlschlüsse, aber eine solche Statistik gebe es natürlich nicht, da paßten die Statistiker schon auf. Die meisten dieser neuen Städter indes bekämen das Land nicht aus dem Kopf, aber das Land sei nicht mehr da, sei unwiederbringlich verloren, es gebe ja heute überhaupt gar kein Landleben mehr. Und dann, sagte Bergheimer, säßen die ehemals jungen Menschen wie Krüppel in der Stadt, gepeinigt von ihrer Sehnsucht nach dem Land, das nicht mehr existiere, vielleicht nie so existiert habe, wie sie es sich nun, während sie darauf warteten, daß die Zeit alle Wunden heile, ersehnten. Oder sie zögen zurück aufs Land, aufs sogenannte Land, das ja nichts anderes sei als sich wie Geschwüre ins Umland fressende Vorstädte, immer gleiche Siedlungen mit kleinen weißen Häusern und winzigen Vorgärten voller Topfpflanzen und putziger Gartenzwerge, in denen die Vertreter für Gartenschläuche und Rasenmäher ein und aus gingen. Nur ein paar Quadratmeter messe so ein Vorgarten, aber die Mechanisierung werde unaufhörlich vorangetrieben, schon nach kurzer Zeit werde der Gartenschlauch durch eine praktische Bewässerungsanlage ersetzt, und zu jedem Baum gehöre unbedingt der dazugehörige Laubsauger und bald auch ein zweckmäßiger Universalhäcksler aus dem Gartencenter. Prost, sagte Bergheimer.

Ob Zufall oder nicht, nach all den Jahren war mir diese überraschende Begegnung mit Bergheimer unangenehm gewesen. Er gehörte in ein Leben, das hinter mir lag und dort liegen bleiben sollte. Irgendwann hatte ich zwar von seinem Unfall gehört, beim ersten Klassentreffen vielleicht, auf dem Bergheimer wegen eben dieses Unfalls gefehlt hatte. Einer aus unserer ehemaligen Klasse war sogar schon gestorben, Herzinfarkt, wie es hieß. Bergheimer hatte bei diesem Unfall ein Stück Bein verloren, ich hatte davon gehört, wie ich davon gehört hatte, daß zwei irgendwann in den Westen gegangen und drei geschieden waren. Das alles war Jahre her und meine Neugier inzwischen längst verflogen. Wir waren in die gleiche Klasse gegangen, na und? Ich hatte das Dorf schließlich gleich nach der Schule verlassen. Und ich hätte auf einem späteren Treffen, zu dem ich dann aber schon nicht mehr gefahren war, sicher auch davon hören können, daß einer aus dieser Klasse für die Staatssicherheit gearbeitet hatte, aber es interessierte mich nicht. Die aus Hochmut gewachsene Distanz, mit der man zuweilen auf seine Jugendjahre zurückblickt, hatte ich auch auf die ehemaligen Freunde übertragen, sie waren inzwischen älter geworden, verkörperten aber noch immer jene Erinnerungen, die mir heute peinlich waren. Diese kollektiven Wallfahrten, auf denen immer wieder den toten Göttern der Adoleszenz gehuldigt wurde und man das Image jugendlicher Helden wie eine Monstranz vorantrug, waren mir zuwider.

Ich hatte Bergheimer damals zu spät gesehen, um ihm noch ausweichen zu können. Das war vor ein paar Wochen gewesen, das heißt, gesehen hatte ich ihn schon, längeres, strähniges Haar, unrasiert, Aknenarben im Gesicht, aber viel zu spät erkannt unter diesem schwarzen Hut, den er tief in die Stirn gezogen trug und dessen breite Krempe die Augen verdeckte. Der Hut stand im Kontrast zu einer grellgelben und viel zu großen Windjacke, die wie auf ihn geworfen an ihm herunterhing, und bildete mit ihr einen Aufzug, unter dem ich keinen Bekannten vermutet hätte. Bergheimer aber hatte mich längst erkannt, begann zu lächeln, ungläubig zunächst, ein wenig unsicher auch, er hatte den Hut kurz angehoben und leicht nach hinten geschoben, ich hatte versucht, seinem Blick auszuweichen. Dann breitete er die Arme aus, eine Geste, die mir vorkam, als habe er sie irgendwo abgeschaut. Schnell reichte ich ihm die Hand, ihn begrüßend und gleichzeitig die drohende Umarmung abwehrend. So eine Überraschung, man müsse sich unbedingt mal treffen, hatte Bergheimer entschieden, und ich hatte schon da vor seiner Entschlossenheit kapituliert und ihm nicht widersprochen.

Ob ich mich noch an die Bank in der Pflaumenallee erinnern könne, wollte Bergheimer jetzt wissen. Natürlich konnte ich mich an die Bank in der durch die Felder in die Stadt führenden Pflaumenallee erinnern, als Jugendliche hatten wir uns immer dort getroffen, die aus dem Unterdorf waren den Berg hinaufgestiegen, die aus dem Oberdorf waren den Berg herabgekommen. Manchmal hatten wir eine Weile auf der Bank unter den Pflaumenbäumen gesessen und darüber gestritten, ob das Leben im Unterdorf dem Leben im Oberdorf vorzuziehen sei oder umgekehrt. Der Eulenberg sei ein Beulenberg, hatten die Unterdörfler gespottet, derweil die Oberdörfler sich über den Hasenwinkel lustiggemacht hatten, wo nur Hasenfüße wohnten und sich Fuchs und Hase Gute Nacht sagten. Es war ein ewiger Streit, der, während wir gedankenversunken Mösen ins Holz der Bank ritzten, die wir Pflaumen nannten, damit endete, daß wir, Oberdorf hin, Unterdorf her, das Leben im ganzen Dorf letztendlich unerträglich fanden.

Unsere Bank in der Pflaumenallee, das sei lange her, sagte Bergheimer, keine Ahnung habe man damals gehabt, was das sei: das Leben. Dabei habe man sich nur umzuschauen brauchen, aber natürlich habe man es damals nicht wahrhaben wollen, daß das Leben, das sich um einen herum tagtäglich abspiele, letztendlich das Leben sei, das jeden von uns irgendwann erwarte.

Für Bergheimer, so erinnerte ich mich, hatte damals festgestanden, daß nur ein Leben in der Stadt eine Rettung bedeuten konnte, nur in der Stadt sei ein Leben für ihn überhaupt vorstellbar, hatte er behauptet. Manchmal waren wir durch die Pflaumenallee und über die Felder in die Stadt gegangen, in die anbrechende Nacht hinein waren wir Richtung Stadt gelaufen, die sich hinter einem sanften Hügel wie eine mit blinkenden Edelsteinen gefüllte Schatztruhe plötzlich vor uns öffnete. Schweigend waren wir stehengeblieben und hatten staunend auf dieses Wunder geschaut.

Dort, sagte Bergheimer, der am sanften Wippen der Bank nun offenbar Gefallen gefunden hatte, dort wohne die Annette. Er wies mit der Flasche in Richtung eines der Fenster des gegenüberliegenden Hauses, in dem gerade das Licht angeschaltet worden war. Die Zunge beginne ihm bereits schwer zu werden, er müsse sich nun zurückhalten, das nächste Mal solle ich unbedingt Bier mitbringen. Er kenne hier alle, aber die Annette kenne er besonders gut. Sein Gefühl sage ihm, daß man der Annette vertrauen könne, sagte Bergheimer, einem Menschen wie der Annette könne man vertrauen. Ob ich die Annette denn kenne. Vom Sehen, sagte ich, obwohl ich nicht wußte, wen er meinte. So so, vom Sehen, wiederholte Bergheimer und grinste, als habe er mich bei einer Lüge ertappt. Man kenne nur die allerwenigsten Menschen, und selbst von denen mache man sich bloß ein Bild, aber man kenne sie nicht. Er sei mit mir in eine Klasse gegangen und habe mit mir auf der Bank in der Pflaumenallee gesessen, nun sitze er wieder mit mir auf einer Bank, aber im Grunde kenne er mich nicht, ich sei ihm ein Buch mit sieben Siegeln geblieben. Eine Weile schwieg Bergheimer, als wolle er mir Zeit geben, mich zu erklären. Oft kennt man sich ja selbst nicht, wollte ich sagen, doch ich sagte nichts. Die Annette, sagte Bergheimer, habe er nur einmal anschauen müssen, und schon habe er sie durchschaut. Mit mir könne man Pferde stehlen, das ja, aber mit der Annette könne man sie halten, das sei der Unterschied. Bergheimer hatte noch nie von einer Annette erzählt, nun, so schien es, wollte alles, was sich in den letzten Wochen in ihm aufgestaut hatte, aus ihm herausplatzen wie aus einem prallgefüllten Luftballon, obwohl er sich zügelte, nur stockend erzählte und immer wieder mit dem Schuh am Ende seiner Prothese Muster in den festgetretenen Sand kratzte. Zunächst habe er ihren Namen gar nicht gekannt, vielleicht wisse sie noch immer nicht, daß er ihren Namen kenne, sagte Bergheimer, während die junge Frau oben hinter dem erleuchteten Fenster hin und her ging. Das sei überhaupt das Schlimmste, er kenne die Annette, und die Annette wisse nichts davon. Vielleicht trete sie irgendwann sogar ans Fenster, sehe zwei ihr unbekannte Männer auf der Bank sitzen und ahne nicht einmal, daß einer von ihnen sie kenne. Woher er die Frau denn kenne, wollte ich wissen. Das, sagte Bergheimer, lasse sich nicht so einfach sagen, er sei ihr ein paarmal begegnet, eher zufällig, wenn man in diesen Dingen an Zufälle glauben wolle, er aber glaube in diesen Dingen nicht an Zufälle. Auch sei er einige Male Zeuge von Gesprächen geworden, die die Annette mit anderen geführt habe. Den Besenlaub zum Beispiel habe sie nach einem kurzen, aber heftigen Wortwechsel, von dem er allerdings kein einziges Wort verstanden habe, einfach stehenlassen, er, Bergheimer, könne sich gut vorstellen, daß sich das Gespräch um irgendeines der Besenlaubschen Versäumnisse gedreht habe. Man brauche ja nicht viel Phantasie, um sich Gespräche über Besenlaubsche Versäumnisse vorzustellen. Die Annette jedenfalls sei ihm nach diesem Gespräch aufgewühlt und verärgert erschienen, schon das mache sie ihm sympathisch. Mit der Frau Manninger aus dem Hinterhaus dagegen habe die Annette sehr ruhig und gelassen gesprochen, ohne jede Herablassung habe sie mit der Frau Manninger ein Gespräch geführt. Dabei sei es gerade in Gesprächen mit der Frau Manninger schwierig, gelassen zu bleiben, weil die Frau immer von ihrem Hund erzähle, einem Zwergschnauzer, der, während sein Frauchen von ihm erzähle, immerfort an der Leine zerre und unaufhörlich kläffe. Die Frau Manninger aber scheine das Gekläffe ihres Hundes nicht zu stören, sie rede unaufhörlich weiter, man könne meinen, der Hund sage ihr vor. Die Frau Manninger rede von ihrer Krankheit, immerfort rede sie vom Wasser in ihren Beinen, ständig gebe sie jedem, dessen sie habhaft werden könne, ihre Krankengeschichte und also die aktuellen

Wasserstandsmeldungen bekannt. Er, Bergheimer, könne das nicht ertragen, die Annette aber habe ruhig zugehört und sich interessiert gezeigt. Immer wieder habe sie den Kopf schräg gelegt und ihr langes schwarzes Haar hinters Ohr gesteckt. Beide hätten dann sogar gelacht, er könne sich nicht erinnern, die Frau Manninger vorher schon einmal lachend gesehen zu haben. Der Frau Manninger müsse ihr Leben auf ihren mit dicken Bandagen umwickelten Wasserbeinen wie ein Hundeleben erscheinen, obwohl ja der Zwergschnauzer der Frau Manninger in Wirklichkeit das allerangenehmste Leben führe. Der Zwergschnauzer sei neben ihrer Krankheit der einzige Lebensinhalt der Frau Manninger, dabei müsse auch die Frau Manninger irgendwann einmal ein anderes Leben gehabt haben. Was soll's, irgendwann werde auch er mit der Annette reden, sagte Bergheimer, ein solches Gespräch aber müsse von ihm genau vorbereitet werden, denn mit der Annette könne er nicht reden wie mit mir, dem er ja alles erzählen könne. Ich hörte den ironischen Tonfall in seiner Stimme, kein Zweifel, Bergheimer meinte, daß er mir jeden Bären aufbinden konnte. Mir blieb keine Zeit, eine Erklärung von ihm zu verlangen, denn die Frau war nun ans Fenster getreten und schaute zu uns herunter. Das Fenster war viel zu weit entfernt, als daß ich ihre Gesichtszüge hätte erkennen können, außerdem ermahnte mich Bergheimer, nicht zu lange und auffällig zu ihr hinaufzublicken. Es wäre ihm unangenehm, gerade jetzt von der Annette erkannt zu werden, sagte er, noch sei die Zeit nicht reif dafür. Die Frau hatte tatsächlich lange schwarze Haare, die sie sich nun am Fenster stehend kämmte. Sie erschien mir sehr groß, jedenfalls viel größer als Bergheimer, der ja schon immer zu den Kleinsten gezählt und deshalb in der Turnreihe immer ganz weit links gestanden hatte. Das Gesicht von Annette sei voller Rätsel, sagte Bergheimer, gerade das aber lasse ihn Vertrauen schöpfen, denn ein vertrautes Gesicht sei allzu oft ein gefährliches Gesicht. Ein vertrautes Gesicht wiege uns in Sicherheit und könne uns um so mehr erschrecken, dann nämlich, wenn sich hinter der vertrauten Maske plötzlich und unerwartet das wahre Gesicht offenbare.

So ein Schwätzer, dachte ich, er hatte die ganze Zeit geredet, nun war die Luft raus, aber was ich von dieser Annette wußte, glich dem verschrumpelten Stück Gummi eines schlaffen Luftballons. Die Flasche Rotwein war inzwischen leer, Bergheimer stellte sie auf den Boden, um sie gleich darauf umzustoßen. Das Fallen der Flasche war wie ein Schlußpunkt, wir hatten uns beide nach hinten gelehnt und die Bank langsam ausschwingen lassen, nun stand sie so schräg, daß Bergheimer den Boden unter den Füßen verloren hatte und nicht mehr allein aufstehen konnte. Erst als ich als der Größere mich nach vorn beugte, gelang es Bergheimer, sich zu erheben. Die Annette hatte inzwischen das Licht gelöscht. Genug für heute, sagte Bergheimer. Er hatte es plötzlich eilig, warf die Gittertür mit aller Kraft ins Schloß, so daß das Metall laut schepperte. Ruhe da draußen, rief jemand aus einem der dunklen Fenster. Der Besenlaub, das müsse der Besenlaub gewesen sein, man dürfe dem Besenlaub von nun an keine Ruhe mehr lassen, jedem seiner Fehltritte müsse man nachgehen, jedes seiner Versäumnisse anprangern, man müsse ihm den Boden unter seiner verlogenen Existenz fortziehen, er dürfe nicht mehr auf die Beine kommen. Er sei gespannt, ob der Spielplatz das nächste Mal abgeschlossen sei. Ich solle an das Bier denken, rief Bergheimer, dann sah ich ihn nicht mehr, nur das Hallen seiner Schritte hörte ich noch, ein Geräusch, das verriet, daß Bergheimer hinkte. Die Dunkelheit bringt es zutage, dachte ich, und daß das ein Satz war, der ihm gefallen würde.

2

Als wir uns das nächste Mal treffen wollten, war der Spielplatz tatsächlich abgeschlossen. Ich stellte die schwere Aktentasche mit den Bierflaschen vor dem Tor ab, von Bergheimer war noch nichts zu sehen, obwohl die Glokken der Kirche längst acht geschlagen hatten und ich deshalb schon glaubte, mich verspätet zu haben. Ich war erleichtert. Bergheimer würde nicht kommen, heute nicht, vielleicht nie mehr. Wir hatten uns ein paar Mal getroffen, das war's. Bergheimer hatte, so hoffte ich, begriffen, daß er mir zwar alles erzählen konnte, ich ihm aber nicht wirklich zuhörte, jedenfalls hatte ich ihm durch nichts gezeigt, daß ich es tat. Alles würde eine Episode bleiben, die Erinnerung daran würde verblassen, wie das grell leuchtende Gelb von Bergheimers Windjacke allmählich verblassen und bald nicht mehr auffallen würde zwischen all den Menschen, die ich täglich auf der Straße traf. Auf dem gegenüberliegenden Fußweg kläffte der Zwergschnauzer, ein schmutzig-weißes, verfilztes Wollknäuel, das aufgeregt hin und her wackelte und dennoch vorwärts strebte, mit Frau Manninger im Schlepptau, die der Spur ihres Hundes gehorsam, aber wie in Zeitlupe folgte. Nicht so schnell, du weißt doch, meine Beine, rief sie ihm nach, als sie mich gesehen hatte, ihre weiteren Worte gingen im

Gekläff des Hundes unter, das nun bedrohlich anschwoll und widerhallte, weil der Zwergschnauzer in die Durchfahrt zu Frau Manningers Hinterhaus eingebogen war. Ich schaute nach oben, zum Fenster der jungen Frau, von der Bergheimer behauptet hatte, sie heiße Annette. Das Fenster stand offen, der dünne Vorhang war herausgeweht und hatte sich am rauhen Putz der Hauswand verfangen, er hing da wie die abgestürzten Kinderdrachen, die sich kopfüber in den Hochspannungsleitungen entlang der Pflaumenallee verheddert hatten, das herabhängende Ende baumelte im Wind. Die Vorstellung, die junge Frau könne ans Fenster treten und ihr langes schwarzes Haar kämmen, gefiel mir, doch niemand zeigte sich. Die Vorstellung ließ mich nicht mehr los und gefiel mir so sehr, daß ich nun tatsächlich zu sehen glaubte, wie die Frau ans Fenster trat, um ihr langes schwarzes Haar zu kämmen. Mit langsamen, lasziven Bewegungen kämmte sie ihr Rapunzelhaar, und es hätte mich nicht gewundert, wenn sie es nun mit der gleichen Geste aufreizender Trägheit aus dem Fenster herabgelassen hätte, so weit, daß ich es hätte packen und mich an ihm hochziehen können. Ganz deutlich stellte ich mir auch ihr Gesicht vor, das ich nie zuvor gesehen hatte, ein zartes, blasses Gesicht, aber vielleicht lag das nur am Schwarz ihres Haars, die Lippen voll und feucht, an den Winkeln leicht eingestülpt, kein Zweifel, sie lächelte mir zu. Es war Birgits Lächeln. Auf keinen Fall würde ich Bergheimer davon erzählen dürfen, auf Leute wie Bergheimer, dachte ich, müsse man Rücksicht nehmen. Nie würde diese Frau Bergheimer so zulächeln, wie sie mir zulächelte. Ich dachte an Bergheimer und sein verlorenes Bein und daß man auf Bergheimer wegen seines verlorenen Beins Rücksicht nehmen müsse, so daß ich sein Kommen gar nicht bemerkte. Plötzlich stand er neben mir, genauso plötzlich wie das Bild der Frau am Fenster verschwand. Er trug wieder diesen schwarzen Hut, den er wie zur Begrüßung auf und ab wippen ließ, indem er seine Stirn in schnellem Wechsel in Falten legte und wieder straffte. Bei irgend jemandem hatte ich das schon einmal gesehen. Statt der Windjacke trug er einen dicken Pullover, der für diesen Abend viel zu warm sein mußte. Offenbar hatte er meinen verwunderten Blick bemerkt. Das Wetter werde sich ändern, verkündete er, er spüre das in seinem nicht mehr vorhandenen Bein. Es sei doch verrückt, in seinem nicht mehr vorhandenen Bein spüre er, daß das Wetter sich ändern werde. Der Verlust seines Beins habe ihm eine prophetische Gabe verliehen, das sei genial, vielleicht habe ja auch Beethoven, nachdem er sein Gehör verloren hatte, viel deutlicher gehört. Vielleicht, sagte Bergheimer, sei er auf dem Weg, ein ganz Großer zu werden, vielleicht werde er gerade auf sein nicht mehr vorhandenes Bein einmal seine noch nicht vorhandene Karriere stützen. Wie immer hatte ich keine Lust, auf seine Albernheiten einzugehen. Heute sei der Spielplatz wirklich abgeschlossen, sagte ich nur. Dann könne man ja in den Goethepark gehen, schlug Bergheimer sofort vor, er habe schon lange wieder einmal in den Goethepark gehen wollen, der Goethepark sei ein angenehmer Ort, und es gebe auch da schöne neue Bänke. Ich sagte nichts, aber auf dem Weg dahin fragte ich ihn möglichst beiläufig nach Annette. Bergheimer zuckte nur mit den Schultern. Manche Dinge, sagte er, brauchten eben Zeit.

Der Goethepark war zu dieser Zeit noch voller Menschen, so daß wir zunächst Schwierigkeiten hatten, eine freie Bank zu finden. Junge Leute lagen auf der Wiese, manche spielten Fußball, Frisbeescheiben segelten durch die Luft, und ein Möchtegernartist versuchte immer wieder mit stoischer Ruhe, eine orangengroße Glaskugel von der rechten Hand über die ausgestreckten Arme und die Brust bis zur linken Hand rollen zu lassen, was ihm jedoch nie gelang.

Es freue ihn immer, so viele glückliche Menschen zu sehen, sagte Bergheimer, aber gerade unter so vielen Menschen fühle er seine Einsamkeit am allerschmerzlichsten. Die Einsamkeit sei es ja im Grunde gewesen, die ihn zu dem habe werden lassen, der er sei. Die Einsamkeit habe ihn auch zum Schreiben gebracht. Er ließ eine Pause, doch ich fragte nicht nach. Bergheimer hatte schon mehrfach angedeutet, daß er schreibe, aber noch nie war ein Buch von ihm erschienen, und er hatte mir bisher auch nichts zu lesen gegeben, warum sollte ich jetzt darauf eingehen.

Die Goetheparkbänke waren vor Wochen erneuert worden, sie ähnelten dem Zaun des Spielplatzes, grüner Maschendraht, der zu bequemen Sitzschalen erstarrt war. Dann wollen wir uns mal über die Akten hermachen, sagte Bergheimer im gespielt pflichtbewußten Tonfall eines Sachbearbeiters und beugte sich sogleich über meine Tasche. In den meisten Aktentaschen befänden sich gar keine Akten, behauptete er grinsend, Aktentaschen seien eine Erfindung für heimliche Alkoholiker, aber auch in sogenannten Erotikshops treffe man vorwiegend Männer mit Aktentaschen, das sei doch bezeichnend. Es würde ihn interessieren, in wie vielen Aktentaschen sich tatsächlich Akten befänden, schade, daß es darüber keine Statistik gebe. Na also, Bier, das sei gut, beim Schreiben habe er übrigens immer Rotwein getrunken, nun trinke er wieder Bier, denn das Schreiben liege hinter ihm, es sei eine abgeschlossene Phase seines Lebens. Ich öffnete zwei Flaschen. Ja, er habe einen Roman geschrieben, einen aufsehenerregenden Roman, einen durch und durch brisanten Roman. Das Manuskript habe er zunächst in falscher Bescheidenheit an einige regionale Kleinverlage geschickt, die Antwort sei, wenn es überhaupt eine gab, immer abschlägig gewesen. Schon am Briefpapier habe man die Muffigkeit dieser Einmannhinterhausverlage riechen können. Deren Inhaber hätten in ihrer regionalen Beschränktheit die Brisanz seines Romans nicht erkannt, oder sie hätten sie erkannt und sich vor dem Aufsehen, das das Erscheinen seines Romans zweifellos ausgelöst hätte, gefürchtet. Einer habe die Drucklegung seines Manuskripts in Aussicht gestellt, sagte Bergheimer, allerdings gegen Zahlung eines Druckkostenzuschusses, eine Frechheit sei das gewesen, und natürlich habe er sich geweigert, das zu erwartende Riesengeschäft des Verlags auch noch zu subventionieren. Den Inhabern von Kleinverlagen sei in ihrer Borniertheit offenbar daran gelegen, ihre Verlage klein zu halten, ihm solle das egal sein, denn die Absagen hätten ihn nur bestätigt und schließlich ermutigt, sein Manuskript an Metro-Goldwyn-Mayer zu schicken. Metro-Goldwyn-Mayer sei ein Name, der der Bedeutung seines Romans angemessen sei, in Wahrheit habe es sich ja ohnehin um ein Drehbuch gehandelt. Schon damals auf dem Land sei er kilometerweit über die Pflaumenallee bis in die Stadt gelaufen, nur um in diesem Kleinstadtkino das Brüllen des berühmten Metro-Goldwyn-Mayer-Löwen zu hören. Heiß und kalt sei es ihm dabei jedes Mal den Rükken heruntergelaufen. Während die anderen mit ihren

Bonbontüten geraschelt oder sich in der letzten Reihe geknutscht hätten, sei er auf seinem Klappstuhl vor Ehrfurcht erstarrt. Metro-Goldwyn-Mayer Pictures Corporation, Santa Monica, USA, habe er auf den Briefumschlag geschrieben, dann habe er lange nichts mehr von seinem Manuskript gehört. Es sei ein langer Weg über den großen Teich, aber langsam habe er schon geglaubt, daß auch Metro-Goldwyn-Mayer vor der Brisanz seines Drehbuchs zurückgeschreckt sei, was auch nicht verwunderlich gewesen wäre, die dunklen Machenschaften der Rüstungsindustrie, die Verstrickungen der Politik mit dem Drogenhandel, die Mafia, Sex and Crime, in seinem Buch sei alles drin, und schließlich sei die amerikanische Filmindustrie von heute nicht mehr mit der amerikanischen Filmindustrie der siebziger Jahre zu vergleichen. Vor ein paar Tagen aber sei er im Kino gewesen, in einem dieser sogenannten Multiplexkinos, und er habe seinen Augen nicht getraut, denn was da auf der Leinwand gezeigt wurde, sei nichts anderes gewesen als die Verfilmung seines Romans. Haargenau sein Plot, seine Hauptfigur, übrigens mit einem dieser Hollywood-Schauspieler, einem dieser unvermeidlichen Schönlinge, völlig fehlbesetzt und von diesem erwartungsgemäß unzulänglich verkörpert. Und dann natürlich von einem mittelmäßigen Drehbuchschreiber mit einem Happyend versehen, wo doch gerade ein Happyend seinem Roman die Brisanz nehme, ihn regelrecht kaputtmache, wie ja überhaupt die allermeisten Romane durch ein Happyend kaputtgemacht würden, schließlich habe auch das Leben nie ein Happyend, es sei denn, man begreife den Tod als Happyend, wofür immerhin einiges spreche. Apropos Ende, noch während der Abspann lief, seien die meisten Leute aufgestanden und hätten das Kino verlassen, er aber sei sitzengeblieben, und siehe da, der Name jedes Kabelhalterassistenten, jeder Maskenbildnergehilfin sei aufgetaucht, nur seinen Namen habe er nirgends finden können. Man habe ihn betrogen, Metro-Goldwyn-Mayer habe ihn betrogen! Sein Film sei in allen Zeitungen besprochen worden, meist sogar lobend, er sei sich sicher, daß alle Leute hier im Goethepark seinen Film schon gesehen hätten oder ihn sich demnächst ansehen würden, aber keiner wisse, daß der Autor der Romanvorlage mitten unter ihnen sitze. Diesen durchschnittlichen Hollywood-Schönling würden sie sofort erkennen, von ihm, dem Autor, dagegen hätten sie keine Ahnung. Auch die Annette wisse von seinem Schreiben und dem infamen Betrug nichts. Die Frage sei, ob man jemandem, der seit Jahren nur das Gekläffe eines Zwergschnauzers höre, das Brüllen des Metro-Goldwyn-Mayer-Löwen überhaupt nahebringen könne. Die Annette sei bestimmt ganz nett, jedenfalls spreche alles dafür, daß sie ganz nett sei, ob sie aber die ganze Tragweite des von ihm in den letzten Wochen Erlebten richtig einschätzen könne, wisse er nicht. Natürlich denke die Annette darüber auch gar nicht nach, selbst wenn sie es wüßte, würde sie sich darüber wahrscheinlich keine Gedanken machen, es sei ja das beste, sich darüber keine Gedanken zu machen, heilige Einfalt, sagte Bergheimer, er aber könne das nicht, er mache sich immerzu über alles mögliche Gedanken, doch je mehr er nachdenke, desto aussichtsloser werde die Lage. Du könntest dir einen Anwalt nehmen, warf ich etwas hilflos ein, nur um überhaupt etwas zu sagen. Immerhin, sagte ich, leben wir in einem Rechtsstaat. Einen Anwalt?, fragte Bergheimer höhnisch, abgesehen davon, daß man Anwälten ohnehin mißtrauen müsse, sei ein Anwalt in diesem Fall völlig nutzlos. Metro-Goldwyn-Mayer sei schließlich nicht irgendwer, und wie, bitte schön, solle er das Ganze denn beweisen. Metro-Goldwyn-Mayer sei nicht nur skrupellos, sondern auch raffiniert, natürlich habe man seinen Plot entstellt, er wisse gar nicht, ob jemand außer ihm in diesem vollkommen entstellten Plot seinen Roman überhaupt noch erkennen könne. Vielmehr sei ihm durch den Film jede Möglichkeit genommen worden, seinen Roman doch noch zu veröffentlichen, weil natürlich dann jeder ihn und nicht Metro-Goldwyn-Mayer des Plagiats bezichtigen würde. Na wie denn nun, kann man den Roman nun erkennen oder nicht? Ich hatte für einen Augenblick die Geduld verloren und geglaubt, Bergheimer überführen zu müssen. Das sei doch nichts als Haarspalterei, erregte der sich sofort, ich würde ja schon wie ein Anwalt reden und ihm jedes seiner Worte im Mund umdrehen. Er spreche von skrupellosem Betrug, bei mir höre er Zweifel heraus, aber er wisse schließlich, was er geschrieben habe, und er wisse, was er gesehen habe, das müsse reichen. Mit Anwälten habe er so seine Erfahrungen, habe er doch vor Jahren versucht, gegen die Bahn, die damals noch Reichsbahn geheißen habe, wegen seines Unfalls zu prozessieren. Schadensersatz habe er verlangt für einen Schaden, der freilich niemals zu ersetzen sei. Und der Anwalt, mit dessen Hilfe er gegen die Bahn habe prozessieren wollen, habe sich in Wahrheit mit der Bahn gegen ihn verbündet. Anwälte seien wie die meisten Menschen viel zu leichtgläubig und ließen sich von den sogenannten Tatsachen täuschen. Ein bißchen Alkohol in seinem Blut, das sei für diesen Rechtsbanausen eine Tatsache gewesen, deretwegen er sich in seiner juristischen Mundart mit der Bahn gegen ihn verbündet habe, aber ein bißchen Alkohol im Blut gebe der Bahn doch nicht das Recht, ihm, Bergheimer, über die Knochen zu fahren, auch der Reichsbahn nicht. Wahrscheinlich habe der Anwalt seine Hände nach beiden Seiten hin offen gehalten, er, Bergheimer, sei jedenfalls damals völlig leer ausgegangen, sehe man von einer mickrigen Invalidenrente ab, von der er bis heute leben müsse. Während Bergheimer mir zu beweisen versuchte, daß man von einer so mickrigen Rente wie der seinen nicht leben könne, mußte ich an den Tag denken, an dem Bergheimer mir das erste Mal seinen Beinstumpf vorgeführt hatte. Vorführen, das war damals, noch auf dem Dorf, als ich ihn einige Wochen nach dem Klassentreffen im Haus seiner Großmutter besucht hatte, Bergheimers Ausdruck. Er wolle mir seinen Bremsklotz vorführen, hatte er gesagt. Bergheimer listete seine laufenden Ausgaben auf, sprach von Miete, Strom und Telefon und davon, daß der Mensch schließlich auch essen und trinken müsse, ich aber sah noch einmal, wie er seinen dünnen, bleichen Oberschenkel in beide Hände nahm und vorsichtig aus der Prothese hob, die danach am Boden stehen blieb, ein fleischfarbener, sich nach oben wie ein Eierbecher öffnender Kunststoffunterschenkel, der Kunststoffuß mit Socke und Schuh bekleidet. Ich sah das wie eine Geschwulst, wie ein riesiger Knoten wirkende Knie und die Handbreit Stumpf, von dem Bergheimer ein Tuch gewickelt hatte und an dessen Ende die Haut nach innen gestülpt war, matt schimmernd wie lilafarbenes Wachs. Davon, sagte Bergheimer, könne man nicht leben, nicht von dieser Summe, nie und nimmer hätte er damit den geforderten Druckkostenzuschuß für die Veröffentlichung seines Romans aufbringen können. Obwohl ich die meiste Zeit geschwiegen hatte, kam es mir so vor, als würde ich erst jetzt verstummen, voller Scham, denn plötzlich fiel mir ein, daß Bergheimer mich einige Wochen zuvor, gleich nach unserem Wiedersehen, tatsächlich um eine größere Summe gebeten hatte. Er werde mir alles zurückzahlen, hatte er gesagt, mit Zinseszins, ein großes Geschäft stehe ins Haus, ein todsicheres Geschäft, was ich ihm natürlich nicht geglaubt hatte, ich hatte statt dessen nach Ausreden gesucht und noch nicht einmal lügen müssen, als ich beteuerte, nicht über die erbetene Summe zu verfügen. Es war dennoch eine Lüge gewesen, denn ich war mir sicher, Bergheimers Bitte auch abgelehnt zu haben, wenn ich über das Geld verfügt hätte. Beim Geld fange die Freundschaft an, hatte Bergheimer damals zu mir gesagt, später hatte er mich nie mehr nach Geld gefragt. Schade, daß er damals die Annette noch nicht gekannt habe, sagte Bergheimer jetzt, die Annette hätte sich seiner Bitte ganz sicher nicht verweigert, nun aber sei es zu spät. Er habe damals einen Moment lang sogar erwogen, den Besenlaub zu fragen, der ja als Spielplatzwärter immerhin über ein wenn auch geringes, so doch geregeltes Einkommen verfüge, nicht im Traum habe er daran gedacht, irgendwann einmal den Besenlaub um etwas bitten zu müssen. Und letztlich habe er den Besenlaub auch nicht gefragt, einen Rest von Ehre müsse sich der Mensch auch in schwierigsten Situationen bewahren, selbst er als Krüppel habe noch immer einen Rest Ehre.

Wir tranken unser Bier, Bergheimer fand es viel zu warm. Warmes Bier sei das Allerschlimmste, dann trinke er doch lieber Rotwein. Er kenne eigentlich nur sympathische Menschen, sagte er nach einer Weile, das aber sei ein Problem, weil sympathische Menschen in den allermeisten Fällen zu den Verlierern gehörten und natürlich kein Geld hätten. Solange man nicht über Geld verfüge, habe man den Kopf voller Ideen und Pläne, was man alles Gutes und Sinnvolles damit anfangen könne, aber wenn man dann ein Erfolgsmensch sei und tatsächlich Geld habe, seien all diese Ideen und Pläne vergessen und man werfe das Geld den Vertretern, Maklern und Anwälten in den Hals, man kaufe sich eines dieser weißen Vororthäuser und interessiere sich plötzlich für Börsenkurse. Auch er habe den Kopf voller Vorstellungen darüber, wie sein Leben mit zwei gesunden Beinen verlaufen sein könnte, aber er sei sich nicht sicher, ob er mit zwei gesunden Beinen nicht doch bloß Vertreter geworden wäre oder Hausmeister und Spielplatzwärter wie der Besenlaub. Wieder fragte mich Bergheimer, ob ich den Besenlaub kenne, wartete aber meine Antwort nicht ab. Er habe den Besenlaub kennengelernt, ein durch und durch verlogener Mensch sei das, verlogen und hinterhältig. Kirchendiener sei der Besenlaub damals gewesen. Er, Bergheimer, sei ein Mensch, der der Kirche immer mißtraut habe, trotzdem habe er sich gefragt, wie sich die Kirche einen Mann wie den Besenlaub als Kirchendiener habe halten können. Gott solle seine Arbeit machen, er, Bergheimer, mache die seine, das sei schon immer seine Einstellung gewesen, dennoch sei es auch für ihn unerträglich gewesen, einen Menschen wie den Besenlaub als Bediensteten Gottes zu sehen. So ein ganz Verschlossener sei der Besenlaub gewesen, so ein ganz Unnahbarer, er habe sich ja gleich gedacht, daß so ein Mensch Dreck am Stecken haben müsse, aber es sei damals eben auch eine Zeit gewesen, in der es einem Menschen zur Ehre gereicht habe, in gewissen Dingen Dreck am Stecken zu haben. In solchen Zeiten reiche

Gesetzestreue nicht aus, da werde mehr verlangt, habe er sich gesagt und dem geheimnisvollen Kirchendiener vertraut. Gerade das Unnahbare habe den Besenlaub so anziehend gemacht. Man habe versucht, dem Besenlaub sein Geheimnis zu entlocken und ihm statt dessen fast unbemerkt alle Geheimnisse anvertraut. Einem so verschwiegenen Menschen, habe man gedacht, könne man seine Geheimnisse anvertrauen. Auch wenn der Besenlaub nur Kirchendiener gewesen sei, sagte Bergheimer, sei er doch immerhin ein Mann der Kirche gewesen. Schuld an allem sei aber eigentlich der Winter gewesen, nur wegen des Winters habe er damals überhaupt einen Fuß über die Kirchenschwelle gesetzt. Er wisse aber gar nicht mehr, was für einen Fuß er damals über die Kirchenschwelle gesetzt habe, ob das noch vor seinem Unfall gewesen sei oder erst danach. Es würde ihm gefallen, wenn es erst nach seinem Unfall gewesen wäre, dann würde er behaupten können, wie der Teufel persönlich über die Kirchenschwelle gehinkt zu sein, aber, wie gesagt, er wisse es nicht mehr genau. Der Winter jedenfalls sei es gewesen, der vorgeschlagen habe, unter dem Dach der Kirche Schutz zu suchen. Er selbst, sagte Bergheimer, habe sich anfangs dagegen gewehrt, aber dieser Winter habe nicht lockergelassen und ihn mit seinem Junge-Gemeinde-Gequatsche schließlich weichgeklopft. Komisch, an Winter könne er sich kaum noch erinnern, nur an dessen Hand, eine ganz weiche Hand sei das gewesen, warm und so weich, daß man fürchten mußte, die Hand zerfließe einem zwischen den Fingern. Der Winter habe seine Finger in einem über Neunzig-Grad-Winkel nach hinten biegen können, dennoch sei es dem Winter gelungen, ihn mit dieser Junge-Gemeinde-Hand über die Kirchenschwelle zu ziehen. Er selbst wäre nie auf den Gedanken gekommen, denn nur weil er seine Hand nicht mehr zum Schwur für den real existierenden Sozialismus habe heben wollen, müsse er ja noch lange kein Kreuz damit schlagen. Der Winter habe seine biegsamen Hände zum Gebet gefaltet, für ihn, Bergheimer, aber wäre das die gleiche Heuchelei gewesen wie die, der er habe entfliehen wollen. Der Winter, könne man also sagen, sei die Hand gewesen, er aber, Bergheimer, der Kopf. Der Kopf der Verschwörung. Bergheimer hatte die letzten Worte ganz leise gesprochen und sich dabei zu mir herübergebeugt, als bestünde gerade hier im Goethepark die Gefahr, daß seine Verschwörung nach all den Jahren doch noch auffliegen könnte. Dabei hatte er es immer verstanden, seine Verschwörung geheimzuhalten, und zwar vor Freund und Feind geheimzuhalten, ich war mir sogar sicher, daß die Verschwörung, von der Bergheimer behauptete, er sei ihr Kopf gewesen, nur in seinem Kopf existierte, es mußte eine Verschwörung mit sich selbst gewesen sein. Die Verschwörung habe ja damals Kreise gezogen, behauptete Bergheimer, alle hätten über diese Verschwörung gesprochen, nichts Genaues natürlich, nur Andeutungen, und sich gefragt, wer denn der Kopf dieser Verschwörung sein könnte. Besonders der Besenlaub habe alles darangesetzt, den Kopf der Verschwörung ausfindig zu machen, erst viel später sei klar geworden, warum. Noch viel später, als von Leuten wie Besenlaub keine Gefahr mehr ausgegangen sei, habe dann der Winter behauptet, er selbst sei der Kopf gewesen, überall habe er es herumerzählt, aber wer, wenn nicht er, Bergheimer, könne wissen, daß der Winter es nicht gewesen ist. Der Winter sei allenfalls der Handlanger gewesen, niemals der Kopf. Alles sei nach seinem

Unfall gewesen, jetzt falle es ihm ein, bei diesem Unfall habe er sein Bein verloren, danach habe er nichts mehr zu verlieren gehabt und deshalb alles gewagt. Erst der Verlust seines Beins habe ihn überhaupt in die Lage versetzt, der Kopf einer Verschwörung zu werden, es habe ihm plötzlich nichts mehr ausgemacht, mit einem Bein im Gefängnis zu stehen. Einerseits sei er durch die eingeschränkte Bewegungsfreiheit gezwungen gewesen, seinen Kopf mehr als andere zu gebrauchen, sagte Bergheimer, andererseits habe er sich gerade wegen der eingeschränkten Bewegungsfreiheit keinen Kopf mehr um sein Leben machen müssen. Der einfahrende Zug habe zwar sein Leben ruiniert, aber er sei aus den Ruinen auferstanden. Nur wenn man bedenke, welche Kreise allein das bloße Bekanntwerden der Tatsache, daß es eine Verschwörung geben müsse, damals gezogen habe, könne man erahnen, was passiert wäre, hätten sie die von ihm als Kopf geplante Aktion wirklich durchgeführt. Der Winter aber habe sich damals mit seiner Meinung durchgesetzt, einen sogenannten Friedenskreis zu gründen und die Verschwörer unter den Schutz der Kirche zu stellen. Der Verschwörung sei dadurch die Spitze abgebrochen worden, denn von da an, so Bergheimer, während die Glocken der nahen Kirche neunmal schlugen, von da an sei nur noch geredet worden. Das Reden über die Verschwörung sei immer mehr zum eigentlichen und alleinigen Sinn der Verschwörung geworden. Am Anfang sei die Verschwörung gewesen, dann das Reden über die Verschwörung, zum Schluß habe man über alles mögliche geredet und die Verschwörung darüber vergessen. Besonders der Winter habe viel geredet, immer neue Pläne habe der Winter entworfen, um sie eine Stunde später selbst wieder in Zweifel zu ziehen und zu zerreden. Der Besenlaub habe sich das alles angehört und geschwiegen. Wahrscheinlich, habe man sich damals gedacht, sagte Bergheimer, wahrscheinlich sei der Besenlaub sich bezüglich seiner Beteiligung an der Verschwörung noch unsicher, keiner habe gemerkt, wie sicher sich der Besenlaub seiner Sache war. Der Besenlaub habe die Rolle des Kirchendieners gespielt, in Wahrheit aber habe er im Sold des Sicherheitsdienstes gestanden. Auch dem Winter sei es um Sicherheiten gegangen, aber er sei dadurch der Verhinderer gewesen. Erst sei ihm der Ort der Aktion nicht recht gewesen, dann ihr Inhalt, erst habe er die Aktion viel zu unbedeutend genannt, dann sei sie ihm viel zu gefährlich gewesen, einmal habe er von einer verfrühten Aktion geredet, dann von einer verspäteten, erst habe er vor den unabsehbaren Folgen gewarnt, dann der Aktion jegliche Wirkung abgesprochen. Der Winter habe den Besonnenen gemimt, sei aber in Wahrheit nur ein Schwätzer gewesen. Der Besenlaub habe zu allem genickt, wahrscheinlich sei er sich in bezug auf seinen Auftrag doch unsicher gewesen und habe überlegt, ob er mit der Verhinderung der Aktion oder deren Beförderung samt anschließender Nennung der Täter seinen Auftraggebern besser habe gerecht werden können. Das Transparent jedenfalls, das er, Bergheimer, als Protest gegen den Einmarsch der Russen in Afghanistan damals quer über die Pflaumenallee habe spannen wollen, sei nie angefertigt worden. Schuld daran sei allein die Winter-Besenlaubsche Allianz gewesen.

Es war ein milder Abend, auf der großen Wiese im Goethepark waren die ersten Kerzen angezündet worden, die heraufziehende Dunkelheit hatte das bunte, hektische Treiben langsam geschluckt, nun war alles zur Ruhe gekommen, nur vereinzelt war noch ein Lachen zu hören, das jetzt wie ein obszönes Grölen die Stille zerriß. Wir hatten die Flaschen geleert, Bergheimers Zunge schien auch vom Bier schwer geworden zu sein. Eine Weile schwiegen wir, ich hörte Bergheimers leises Seufzen, spürte, wie er mich ansah. Es hätte mich nicht gewundert, wenn er nun seine Hand auf meine Schulter gelegt hätte, und ich war froh, daß er es nicht tat. Abstand, dachte ich und war wohl auch ein Stück von ihm abgerückt. Ich habe, mußte ich in diesem Moment auf der Bank denken, mich nie gefragt, was Bergheimer zwischen unseren Treffen tat, es hatte mich nicht interessiert. Wie er seine Tage verbrachte, ob er Freunde hatte, ich hatte es mir nicht einmal vorzustellen versucht. Ich konnte mir zum Beispiel auch keinen von den bekannten Politikern als Privatperson vorstellen. Einen Mann, den man nur als Polizisten kennt, plötzlich in Zivil zu sehen, hatte für mich immer etwas Verstörendes, obwohl doch die Uniform das eigentlich Verstörende hätte sein müssen. Manche Menschen kennt man nur als Briefträger oder als Bankangestellten, als ob sie in dem Moment, da sie beschlossen haben, Briefträger oder Bankangestellter zu werden, aufhören, Menschen mit einem Privatleben zu sein. Auch Bergheimer existierte für mich nur während unserer Treffen, seine Berufung schien es zu sein, neben mir auf wechselnden Bänken zu sitzen, so jedenfalls hatte ich es mir eingebildet, es war die einfachste und bequemste Antwort.

Der Goethepark sei ihm in den letzten Jahren zur allerliebsten Stelle geworden, sagte Bergheimer, vor allem um diese Zeit, wenn man vom Goethepark schon nichts mehr sehe, wenn nur diese dunkle, grenzenlose Wiese vor einem liege wie ein schwarzer Teppich, auf dem die Kerzen flackerten, wie damals die Lichter der Stadt, wenn man sich ihr über die Pflaumenallee kommend genähert habe, zum Heulen schön sei das. Und so wie damals habe er sich manchmal vorgestellt, wie es wäre, wenn er einfach aufstünde und auf diese Lichter zuginge, wenn er sich in einen dieser Kreise setzen würde, zwischen die vom Licht der Kerzen beschienenen Gesichter, die so seltsam entrückt und unwirklich aussähen und vor allem so friedlich. Aber immer sei er dann doch sitzen geblieben, sei allein auf der harten Bank sitzen geblieben, denn plötzlich sei ihm die Wiese im Goethepark als ein Moor erschienen, über dem die Kerzen wie Irrlichter stünden, unerreichbar für ihn, der mit jedem Schritt hin zu den Gesichtern nur immer tiefer im Schlamm der Goetheparkwiese versinken würde. Alle Wege seien für ihn nur Wege ins Moor, Wege in den Untergang. Das viele Bier, sagte Bergheimer, der Alkohol lasse ihn sentimental werden, ich müsse das nicht so ernst nehmen. Während Wein ihn leichtsinnig werden lasse, mache zuviel Bier ihn schwermütig, außerdem gehe Bier in die Beine. Hatte ich bei Bergheimers letzten Worten gelacht? Bergheimer jedenfalls behauptete, ich hätte mich über ihn lustig gemacht. Dabei hatte ich höchstens gelächelt, weil ich mir vorstellte, daß das Bier tatsächlich in die Beine und also in Bergheimers Prothese laufe. Und plötzlich hatte ich uns sitzen sehen, damals um den großen runden Ecktisch in der Dorfkneipe, wie wir mit beiden Händen nach den Stiefelgläsern greifen, sie anheben und, uns dabei über die Ränder der Gläser mit weit aufgerissenen Augen belauernd, gierig trinken, immer darauf bedacht, durch vorsichtiges Drehen des sich leerenden Stiefels jedes Glucksen des Bieres zu vermeiden, genau so, wie wir es bei den Alten gesehen hatten, und wie wir uns dann wie sie den Schaum von den Oberlippen wischen, über denen sich noch kein Härchen hatte zeigen wollen. Vielleicht hatte ich also wirklich gelächelt, aber dieses Lächeln hatte Bergheimer in der Dunkelheit nicht sehen können. Trotzdem war er beleidigt, jedenfalls tat er so. Er sei nun mal ein Krüppel, und ich müsse das nicht so ernst nehmen, sagte er nach einer Weile, dabei hatte ich Bergheimer noch nie so ernst genommen wie in diesem Moment, als ich fürchtete, er könne seinen Arm um meine Schulter legen und mich mit sich in die Tiefe des Schlamms der Goetheparkwiese ziehen, in den schmatzenden, glucksenden Morast, über dem die dünne Haut des Rasens nun tatsächlich zu schwanken schien. Bald würde mir das schwarze Wasser bis zum Hals stehen, und ich spürte Bergheimers feste Umklammerung, aus der ich mich nicht mehr würde lösen können, die mir die Luft nahm, so wie das aus dem Stiefelglas rinnende Bier mir damals die Luft genommen hatte, bis ich mich daran verschluckte, bis ich es wieder rausprustete, unter dem Gelächter der anderen aufsprang und dastand in meiner nassen Hose. Auch jetzt sprang ich auf, viel zu plötzlich und heftig, so daß die zu meinen Füßen stehenden leeren Flaschen umfielen und ich ins Straucheln geriet. Schluß jetzt, laß mich in Ruhe, rief ich in das Klirren der Flaschen, das auch Bergheimer aufschreckte und, so schien es mir, all die unsichtbaren, irrlichternden Blicke im dunklen Park auf uns zog. Machen wir Schluß für heute, es reicht.

3

Seit dieser nächtlichen Episode im Goethepark kam mir unser Verhältnis verändert vor. Obwohl ich schon ein paar Tage später nicht mehr wußte, ob ich mir die Szene nur eingebildet, zumindest aber ihre Bedeutung überschätzt hatte, schien Bergheimer mir gegenüber mißtrauisch geworden. Öfter als bisher unterbrach er seine Ansprachen, suchte in meinem Gesicht nach einer Reaktion auf seine Worte, er wollte mich nicht verärgern. Vielleicht aber war ich es auch nur, der, seiner ständigen Litaneien überdrüssig, Bergheimer nun mit noch größerer Distanz betrachtete. Manchmal kam es mir vor, als wolle er mit seinen Monologen nur Verwirrung stiften. Oder wollte er mich auf die Probe stellen? Aber wozu? Und hatte Bergheimer nicht recht? Nun gut, da war die Geschichte mit dem Roman, eine hanebüchene Geschichte, die dennoch, wer konnte das schon wissen, einen realen Kern zu haben schien. Immerhin hatte er mich zuvor um Geld gebeten, zugegeben ein recht dürftiges Indiz. Bergheimer schwelgte in Übertreibungen, verstrickte sich in die absurdesten Widersprüche, sein Zynismus war mir unerträglich, aber was mich eigentlich störte, war nicht, was er sagte, sondern wie er es sagte und daß gerade er es sagte. Und warum ausgerechnet mir? Die Sprunghaftigkeit und Radikalität seiner Gedanken standen in krassem Widerspruch zur Lethargie, die sein Dasein zu prägen schien. Und doch waren es auch meine Ängste, mein Ekel, meine Verzweiflung, doch sie kamen aus seinem Mund. Wenn ich der gleichen Meinung bin wie er, sollte ich vielleicht meine Meinung ändern, dachte ich. Leicht hätte ich hinter jeden seiner Gedanken ein Aber setzen können, dieses Aber jedoch, das wurde mir immer mehr bewußt, wäre nicht viel mehr gewesen als ein Versuch, meine eigene Lethargie zu rechtfertigen. Seit ich Bergheimer wiedergetroffen hatte, steckte er mir wie ein Stachel im Fleisch, die Penetranz, mit der er seine egozentrische Weltsicht vor mir aufbaute und wieder verwarf, ich hätte sie als verzweifelten Hilferuf deuten können, der mir, als den um Hilfe Angerufenen, meine Stärke bewies, aber sie führte mir statt dessen immer wieder die Fragilität jeglicher Selbstzufriedenheit vor. Bergheimer schien wie blind um sich zu schlagen und doch traf mich fast jeder seiner Hiebe. Vielleicht erhoffte er sich Trost durch meinen Widerspruch, aber ich widersprach ihm nicht.

Länger als gewöhnlich saßen wir schweigend nebeneinander, auf dem Rand des Brunnens am Königsplatz diesmal, im Rücken das Rauschen und Plätschern des Wassers, das geflügelte, in grazilen Bewegungen erstarrte Frauen in den Brunnen spien. Es rann unaufhörlich über ihre steinernen Brüste und Schenkel, tropfte von ihren Zehenspitzen und fand auch im Becken keine Ruhe, zitternd schwappte es gegen den Rand und kühlte unser Bier. Nach vorn gebeugt, die Ellenbogen auf die Knie gestützt, jeder auf die Granitplatten zwischen seinen Füßen starrend, so saßen wir, als ließe sich dort ein Anfang finden, der es ermöglichte, das Gespräch in die jeweils gewünschte Richtung zu lenken. Ich sann auf ein möglichst unverfängliches Thema, mit dessen Hilfe sich die angestrebte Distanz würde erhalten lassen, während Bergheimer, das jedenfalls bildete ich mir ein, auf ein Stichwort lauerte, das ihm als Brücke dienen konnte, mit der eben jene Distanz zu überwinden sei, aber auf den Platten lagen nur zahllose Zigarettenkippen und plattgedrückte Kronkorken zwischen klebrigen Kaugummiresten. Ruhig saßen wir auf der glatten, vom Sonnenschein des Tages noch immer angenehm warmen Rundung des Marmorrandes und fühlten uns doch unbehaglich wie auf einem Nagelbrett. Es war nur Bergheimers Bein, das mich daran hinderte, aufzustehen und zu gehen.

Von der nahegelegenen Straßenbahnhaltestelle kam plötzlich ein kleiner Junge auf den Brunnen zugerannt, er mußte sich der Hand seiner Mutter entwunden haben und stand nun schon neben uns, wo er sich gefährlich weit über den Brunnenrand beugte und mit der Hand den Strahl zu erreichen versuchte, der zwischen den gespitzten Lippen aus dem aufgeblähten Mund einer der Grazien hervorschoß. Die Mutter stand an der Haltestelle, rief immer wieder aufgeregt, ohne sich in ihrem Schreck allerdings von der Stelle zu rühren, abwechselnd nach ihrem Gott und den Namen ihres Sohns, den sie in ihrer Angst wohl schon kopfüber in den Brunnen stürzen sah. Auch wir blieben wie versteinert sitzen.

Er könne seiner Mutter nicht die Schuld an seinem Unfall geben, sagte Bergheimer schließlich fast erleichtert, während die Mutter des Jungen sich aus ihrer Starre gelöst hatte und auf den Brunnen zugelaufen kam. Seine Mutter habe keine Schuld, wiederholte er, obwohl er ja damals gerade von einem Besuch bei seiner Mutter gekommen sei. Wie oft habe er sich an diesen Besuch zu erinnern versucht, doch nichts, er könne sich nicht erinnern, kein Wort, keine Geste seiner Mutter sei ihm von diesem Tag präsent, nur den alten Reichsbahnzug, der, von einer Dampflok gezogen, damals noch auf der Nebenstrecke eingesetzt worden sei, sehe er vor sich. Na gut, eine Flasche Bier auf dem kleinen Tischchen vor dem Fenster, eine zweite höchstens als Spiegelbild, ehrlich, warum solle er lügen, auch die heruntergelassene Schranke sehe er an sich vorbeiziehen, den in voller Blüte am Fuß des Wasserturms stehenden Rainfarn, schließlich das Stationsschild, auf dem seit Jahren ein Buchstabe gefehlt habe, dann sei er gesprungen. Wäre er an diesem Tag nicht zu seiner Mutter gefahren, hätte der Unfall sich nicht ereignet, denke er manchmal. Genausogut aber hätte sich der Unfall an einem anderen Tag ereignen können, es sei eigentlich gleichgültig, weil er ja damals jeden Tag zu seiner Mutter gefahren sei. Jeden Tag sei er auf der Reise zu seiner Mutter gewesen, zumindest in Gedanken habe er jeden Tag diese Reise gemacht, sagte Bergheimer, aber es seien für ihn zugleich Reisen ohne Ziel gewesen, da er ja nie ein willkommener Gast gewesen sei, jedenfalls habe ihm seine Mutter nie gezeigt, daß er ein willkommener Gast gewesen wäre. Sie freue sich, habe sie zwar beteuert, sehr sogar, aber mit einer merkwürdig gedämpften Stimme, mit der sie sich selbst zuzureden schien, mit diesen Augen, die ihn angesehen, dann aber immer wieder, und nun fast ängstlich, den neuen Ehemann gesucht hätten, obgleich dieser den Raum nach seinem, also Bergheimers, Auftauchen sofort demonstrativ verlassen habe. Krachend sei die Tür ins Schloß gefallen. Erst danach habe die Mutter es gewagt, ihn zu umarmen, so ungestüm, daß er zu ersticken meinte. Die Frau hatte inzwischen den Brunnen erreicht, wo sie das Kind am Hosenbund packte und mit einer energischen Bewegung vom Wasser wegzog. Der Junge begann zu schreien, verlor, sich heftig wehrend, wirklich das Gleichgewicht und patschte mit beiden Händen ins Wasser. Bergheimer aber ließ sich von den Schreien nicht beeindrucken, selbst ein willkommener Gast, sagte er, sei eben nur ein Gast, und für ihn als Reisenden habe es damals nie ein Ankommen gegeben. Manchmal sei ihm auch seine Mutter selbst nur wie ein Gast erschienen, als Gast in einem fremden Haus, bei einem fremden Mann, der mit jedem seiner Worte und Gesten sein Hausrecht dokumentiert habe. Seine Mutter aber habe in diesem fremden Haus wenigstens ein Gastrecht genossen, während er, Bergheimer, nur der unwillkommene Gast eines Gastes gewesen sei. Die Frau hielt den Jungen am Ärmel der Jacke fest und redete auf ihn ein, unaufhörlich wie das Wasser aus dem Mund der Skulptur kamen die Wörter über ihre Lippen, während das Kind völlig ruhig und wie abwesend auf seine Hände starrte, auf denen das Wasser langsam trocknete. Er sei in Gedanken jeden Tag zu seiner Mutter gefahren, sagte Bergheimer, während er in Wirklichkeit jeden Tag zu dem kleinen aufgelassenen Steinbruch an der Pflaumenallee gegangen sei. An der Pflaumenallee hätten damals aber schon lange keine Pflaumenbäume mehr gestanden, abgesehen von ein paar vereinzelten uralten Bäumen mit wildwuchernden unförmigen Kronen, die Jahr für Jahr kleinere Pflaumen getragen hätten, dafür fette Krähen im November. In dem kleinen aufgelassenen Steinbruch an der Pflaumenallee habe er sich immer wohlgefühlt, obwohl der Steinbruch ein überaus trostloser Ort gewesen sei. Irgendwann habe man diese Wunde in die Landschaft geschlagen, vielleicht für den Bau einer Straße, er wisse es nicht, aber man baue ja immerzu Straßen, es sei ein Wunder, daß die Pflaumenallee dem Angriff der Landschaftsverwüster so lange widerstanden habe und noch immer unbefestigt sei, jedenfalls habe der Steinbruch seine Schuldigkeit irgendwann getan gehabt, und er sei aufgelassen worden.

Natürlich konnte ich mich an den Steinbruch erinnern, er war einer unserer Spielplätze, als Kinder hatten wir manchmal versucht, die kleine Felswand zu erklimmen, die einen Halbkreis um das dichte Strauchwerk zu ihren Füßen bildete und wie die Kulisse einer Freilichtbühne wirkte, auf der wir die Helden waren. Bergheimer galt stets als der beste Kletterer, wir hatten ihn, selbst noch in der Wand hängend, über uns an der Abbruchkante stehen sehen, breitbeinig, die Hände in die Hüften gestützt, so hatte er dagestanden und mit dem Hochmut eines Stadtkindes, das die Dorfbengel auf ihrem eigenen Feld geschlagen hatte, zu uns herabgeblickt, um genau in dem Moment, als der nächste seine Hand in die Grasnarbe der Kante schlug, über die sanft abfallende Flanke des Steinbruchs zurückzulaufen und das Spiel von neuem zu beginnen.

Im Zentrum vom Halbrund des Steinbruchs habe ein Schuppen gestanden, sagte Bergheimer, wahrscheinlich ein ehemaliger Geräteschuppen. Das alte, verrostete Vorhängeschloß sei aufgebrochen gewesen, oder es sei die Kette gewesen, die aufgebrochen war, er könne sich nicht mehr erinnern, jedenfalls habe man die Schuppentür öffnen können. Er habe die Schuppentür geöffnet und manchmal stundenlang in diesem Schuppen gesessen, um ihn herum rostige Werkzeuge, moderndes Holz und zerschlagene Bierflaschen, ohne sich zu rühren habe er dagesessen, bis die Glocke der Dorfkirche ihn zur Rückkehr gemahnt habe. Manchmal habe er auf das Sechs-Uhr-Läuten der Glocke gewartet, manchmal habe ihn das Läuten der Glocke überrascht, nie aber sei er vorher gegangen, immer habe er bis zum Glockenläuten ausgehalten, sagte Bergheimer, als die Frau, nachdem sie sich schon abgewandt hatte, dann aber, als habe sie etwas vergessen, wieder umdrehte und ihren Sohn mit einer Ohrfeige aus den Gedanken riß. Im Sommer sei es dort stickig und unerträglich heiß gewesen, im Winter habe eine eisige Kälte geherrscht, immer habe es nach Urin gestunken, aber er habe dagesessen und gewartet, habe zwischen den Schottersteinen gewartet, daß etwas passiert. Das Brombeergestrüpp hinter dem Schuppen sei unter seiner Wand hindurch in den Schuppen hineingewuchert, wo es wegen des fehlenden Lichts zunächst verblaßt, dann aber schon bald verkümmert sei. Man habe im Schuppen vor Hitze und Gestank manchmal kaum atmen können, aber das habe ihn nicht gestört, es komme ihm heute so vor, als habe er damals in dem Schuppen überhaupt nicht geatmet. Noch vor dem Läuten der Glocken seien die Arbeiter aus der Stadt über die Pflaumenallee zurück ins Dorf gegangen, zuerst die Arbeiter der Bandweberei, dann die Gießereiarbeiter, meist sei einer von ihnen in den Steinbruch gekommen, er müsse noch schnell ein Astloch ficken, habe er den anderen zugerufen und gelacht, dann aber an der Wand des Geräteschuppens nur sein Wasser abgeschlagen. Auch da habe er kaum geatmet, er sei ruhig sitzen geblieben und habe auf das Plätschern gehört und gesehen, wie der Urin durch die Ritzen der Wand gelaufen sei und sich das Holz dunkel gefärbt habe. Meist habe er an nichts gedacht, jedenfalls könne er sich nicht mehr erinnern, an was er gedacht habe. Er habe einfach dagesessen und gewartet. Dann wieder habe er an seine Mutter denken müssen, manchmal habe er seine Mutter gehaßt, noch öfter allerdings habe er sich selbst gehaßt.

Die Frau hatte das Kind nun auf den Arm genommen, es hatte nach dem Schlag nicht geschrien, es hatte nichts begriffen und sah jetzt über die Schulter seiner Mutter noch lange auf das Wasser, während es zurück zur Haltestelle getragen wurde. Er habe sich in dem alten Geräteschuppen des aufgelassenen Steinbruchs gefragt, warum seine Mutter ihn weggegeben habe, immer wieder habe er sich das all die Jahre gefragt, ohne eine Antwort zu finden. Wegen des fremden Mannes, habe er gedacht, aber das sei keine Antwort gewesen. Es müsse an ihm liegen, habe er also gedacht, er allein sei schuld, aber was habe er mit so einer Antwort anfangen sollen. Er sei in den Schuppen gegangen und habe sich auf das alte, rostige Ölfaß gesetzt. Der Schuppen und der aufgelassene Steinbruch seien Orte der Vergeblichkeit gewesen, traurig und doch auch irgendwie versöhnlich. Er habe sich damals vorzustellen versucht, was passieren würde, wenn er nicht zurückkehrte, wenn er einfach in diesem Schuppen sitzen bliebe, die ganze Nacht, mehrere Tage. Seine Großmutter hätte seine Mutter alarmieren müssen, man hätte ihn gesucht, die Mutter hätte sich Sorgen um ihn gemacht und den wahren Charakter ihres neuen Mannes vielleicht endlich durchschaut. Er habe schon immer gewußt, daß es mit dem Jungen nur Ärger geben werde, hätte der behauptet und wäre wütend geworden. Sogar sein eigenes Begräbnis habe er, Bergheimer, in Gedanken immer wieder durchgespielt, die Mutter hätte dabei an seinem offenen Grab gestanden und um ihn geweint, jetzt erst, da es zu spät gewesen wäre, hätte sie um ihn geweint. Der Schmerz der Mutter habe ihn immer wieder mit ihr versöhnt, dieser Schmerz allein habe seine Existenz gerechtfertigt und ihm ein wenig Hoffnung gegeben. Von der Bank an der Pflaumenallee seien es keine hundert Meter bis zu dem aufgelassenen Steinbruch gewesen, der Boden vor der Bank und unter der Bank sei mit dem gleichen Schotter bedeckt gewesen wie der Boden des Schuppens, und doch hätten Welten dazwischen gelegen. Er sei oft von dem Schuppen direkt zu uns auf die Bank gekommen, manchmal auch von der Bank in den Schuppen gegangen, jeder von uns habe den Schuppen und den Steinbruch gekannt, aber nie sei einer auf den Gedanken gekommen, daß er stundenlang in diesem Schuppen sitze, nie habe jemand zu ihm hereingeschaut, obwohl ja der Schuppen immer offen gestanden habe und die alte, rostige Eisenschranke niemanden am Betreten des Steinbruchs habe hindern können. Die dumpf hallenden Schläge seiner Fersen gegen das leere Ölfaß, das müsse doch zu hören gewesen sein.

Bergheimer hatte das ohne Vorwurf, dafür mit einer so naiven Verwunderung gesagt, daß ich mir, obwohl ich sie für gespielt hielt, nun dennoch Vorwürfe machte. Er hat es also wieder geschafft, dachte ich, nach so vielen Jahren hat er es wieder geschafft. Aber waren wir nicht damals beinahe noch Kinder gewesen? Es gab wirklich keinen Grund, sich Vorwürfe zu machen. Birgit hätte hier sitzen sollen, dachte ich, die hätte sich das alles gern angehört und Bergheimer wahrscheinlich am liebsten an ihre Brust gedrückt. Bei jeder tragischen Filmstelle war Birgit zuverlässig in Tränen ausgebrochen, während mir angesichts fremden Glücks immer zum Heulen zumute war, bei jedem verdammten Happyend war ich den Tränen nahe. Sie könne das alles sehr gut verstehen, hätte Birgit gesagt, ihre Beine übereinandergeschlagen und dieses unverbindliche Vertraulichkeitslächeln gelächelt, das sie nicht einmal abgelegt hatte, als sie mir unsere Trennung vorschlug. Was war ich doch für ein Idiot, nicht genug, daß ich mir von Bergheimer wegen dieses blöden Schuppens ein schlechtes Gewissen einreden ließ, jetzt hatte er mich auch noch an Birgit denken lassen. Wenn ich etwas nicht gebrauchen konnte, dann waren es Gedanken an Birgit, gerade jetzt, da ich wirklich begonnen hatte, Birgit zu vergessen.

Er habe sich ja auch nichts anmerken lassen, sagte Bergheimer, meist sei er, wenn wir uns an der Bank getroffen hätten, sogar der Lustigste gewesen. Ihm sei zum Heulen zumute gewesen, aber er habe alberne Witze gemacht und gelacht, man könne auch sagen, daß irgendwer in ihm gelacht habe, während irgendwem in ihm zum Heulen gewesen sei. Genauso habe irgendwer in ihm gewartet und alles ganz ruhig ertragen, während ein anderer, der doch auch er gewesen sein müsse, immerzu aufbegehrt habe. Der eine habe seiner Mutter die ganze Schuld gegeben, der andere habe in der Mutter ein Opfer gesehen und sich selbst als Klotz an ihrem Bein. Der eine habe seine Mutter gehaßt, der andere habe seine Mutter aus Liebe verteidigt. Später habe er diesen Unfall gehabt, aber wenn er heute zurückschaue, komme es ihm so vor, als habe nur der, der seine Mutter aus Liebe verteidigt hatte, diesen Unfall erlitten, der eine habe seinen Fuß verloren, während der andere mit seinem Mutterhaß unversehrt geblieben und durch den Unfall erst richtig auf die Beine gekommen sei. Der Unfall habe ihn ein Stück seines Beins gekostet, aber der Riß sei durch seinen ganzen Körper gegangen, durch seine ganze Person. Nach dem Unfall habe niemand mehr in ihm seine Mutter verteidigt, er sei ganz allein gewesen mit seiner Wut. Allein mit den Fliegen, die er im Schuppen immer gefangen habe und die, nachdem er ihnen die Flügel ausgerissen habe, immerzu seine Hand umrundet hätten, kopflos wie man sagt, obwohl ihnen ja die Flügel und nicht der Kopf gefehlt hätten. Aber die Fliegen hätten ohne Flügel auch ihre Köpfe nicht mehr richtig gebrauchen können, wie er ohne sein Bein seinen Kopf nicht mehr richtig habe gebrauchen können. Es könne auch sein, sagte Bergheimer, während er auf seine Hand starrte, als laufe dort noch immer eine flügellose Fliege umher, es könne auch sein, daß er unser Eintreten in den Schuppen gar nicht bemerkt hätte, denn er habe, als er im Schuppen gesessen habe, meist nichts von dem gehört oder gesehen, was ihn umgab. Er sei wie taub gewesen und habe wie blind vor sich hingestarrt. Nur seinen Puls habe er gespürt, dieses unaufhörliche Rasen des Pulses und natürlich das Läuten der Kirchenglocken. Wenn die Glocken geläutet hätten, sei der Puls zur Ruhe gekommen und er habe wieder gelebt. Er habe nun auch die Kette gehört, die rasselnd im Wind gegen die Bretter schlug, das Zittern der Schranke im Gestell oder das wie ein Wehklagen klingende Surren der Hochspannungsleitungen. Auch den Gestank des Urins habe er nun wieder gerochen und plötzlich auch das Summen der Fliegen gehört. Wenn die Glocken sechs Mal geläutet hätten, habe er jedesmal die Fliege zwischen seinen Fingerkuppen zerquetscht und die blutigen Reste an die Schuppenwand geschmiert. Die halbe Bretterwand des Schuppens, sagte

Bergheimer, müsse noch heute voller zerquetschter Fliegenkadaver sein. Auch in der Wohnung seiner Großmutter hätten unter jeder Lampe Klebefallen voller Fliegen gehangen. Mit ihren Flügeln seien sie an den gelbbraunen gewundenen Streifen klebengeblieben und erst nach Stunden, in denen sie verzweifelt mit ihren dünnen Beinen gezappelt hätten, verendet. Erst hätten sie wie wild gestrampelt, dann sich merkwürdig verdreht, schließlich hätten sie sich immer mehr in den honigfarbenen Leim hineingewunden. Er habe ihnen dabei zugesehen, ganz ruhig habe er ihnen zugesehen und nichts gespürt. Auch auf den Fensterbrettern hätten tote, vertrocknete Fliegen gelegen, überall, zwischen den Doppelfenstern, wo sie sich beim ständigen Angriff auf das Unsichtbare umgebracht hätten, oder ausgesaugt in den Spinnennetzen, Fliegen, überall Fliegen. Es sei wegen des nahen Kuhstalls, habe seine Großmutter behauptet. Manchmal, sagte Bergheimer, habe er sich in der Wohnung seiner Großmutter gefühlt wie diese Fliegen an den Klebefallen.

Er wisse gar nicht, ob der Schuppen heute noch stehe, vielleicht wisse ich ja, ob der Schuppen noch stehe. Ich wußte es nicht. Der aufgelassene Steinbruch, vermutete ich, wird heute fast völlig überwuchert sein, Holunderbüsche, Brombeergestrüpp, kniehoher Schachtelhalm, es könnte sein, sagte ich, daß sich die Wunde nach all den Jahren geschlossen hat. Ach ja, der Steinbruch, sagte Bergheimer, der aufgelassene Steinbruch, er glaube nicht, daß solche Wunden je verheilten.

Dann aber fiel mir ein, daß auch ich vor kurzem an den alten Schuppen und den aufgelassenen Steinbruch hatte denken müssen. Manchmal fuhr ich ja noch in unser Dorf, meist freilich stieg ich nicht einmal aus dem Auto, fuhr nur langsam durch die Straßen und suchte nach bekannten Gesichtern. Zunächst vermutete ich diese bei denen, die etwa in meinem Alter waren, doch sie erschienen mir fremd, während ich einige der Kinder, die ich noch nie zuvor gesehen hatte, mühelos ihren Eltern zuordnen konnte. Das Leben hier war von einer Kontinuität, die so beruhigend wie beängstigend war. Aber eigentlich fuhr ich der Landschaft, nicht der Menschen wegen da hin, obwohl ich nicht hätte sagen können, daß ich diese Landschaft besonders liebte oder anderen vorzog, sie war mir einfach vertraut mit ihren hügeligen, von obstbaumgesäumten Straßen durchzogenen Feldern, den bewaldeten Kuppen und schilfgesäumten Teichen. In den letzten Jahren war die Luft viel sauberer und klarer geworden, die Dunstschleier waren verschwunden, so daß sich der Horizont verschoben, die Landschaft geweitet hatte. Wenn ich darüber nachdachte, was mir die Veränderungen der letzten Jahre gebracht hatten, fiel mir immer auch diese Landschaft meiner Kindheit ein, die mir zurückgegeben worden war und die ich gleichzeitig neu entdeckt hatte. Und so hatte ich auch vor ein paar Tagen, als ich im Auftrag meiner Firma in der Gegend zu tun hatte, einen Umweg genommen, der durch das Dorf führte. In der Gaststätte, die jetzt Schützenhaus hieß, früher aber das Kulturhaus gewesen war, hatte der Wirt eine Bar in den Saal bauen lassen. Aus rohen Schalbrettern hatte er sie unter die hohe stuckverzierte Decke bauen lassen, an der noch immer die riesigen Kronleuchter des ehemaligen Kulturhauses hingen. Sozialistischer Barock, hatte ich sofort gedacht, und daß man den Schuppen aus dem aufgelassenen Steinbruch hier fast originalgetreu wieder aufgebaut hatte, nur daß über seiner Tür nun ein Schild mit der Aufschrift Exotic Bar hing, weshalb das schwarz geteerte Pappdach des Schuppens bei der Kopie durch ein Strohdach ersetzt worden war. Wir hatten, dachte ich, damals auf der Bank in der Pflaumenallee in der Nähe des Schuppens gesessen und Bier getrunken, während die Dorfjugend sich jetzt wohl unter dem aus Stroh gefertigten Schuppendach unter der Schützenhausdecke mit ihren Kronleuchtern exotische Drinks servieren ließ. Aber an der Bar hatten nur zwei ältere Männer gestanden und ihr Bier getrunken. Es war später Vormittag, wahrscheinlich hatten sie keine Arbeit mehr oder waren im Vorruhestand, obwohl sie beide einen blauen Arbeitsanzug getragen und unentwegt von wichtigen Arbeiten geredet hatten, die Einfahrt müsse betoniert werden, das Schuppendach neu geteert, und das Unkraut zwischen den Gehwegplatten sei einfach nicht totzukriegen. Ich hatte mich damals gefragt, was aus diesen Männern und all den kommenden Männern des Dorfes denn werden sollte, wenn der letzte Zaun ausgebessert und der letzte Weg gepflastert sein würde, wenn sich die Makellosigkeit schwer wie Blei über das ganze Dorf ergossen hätte. Der eine der Männer, der eine rote Baseballkappe mit der Aufschrift Formel 1 trug, hatte von seinem alten Trabant erzählt, den er in den letzten Tagen zerlegt habe, alles habe er ausgeschlachtet, die Räder, die Sitze, den Motorblock, mit dem Trennschleifer habe er das Gehäuse in handliche Stücke zerteilt, das Dach schütze jetzt das Kaminholz vor Regen, und außerdem sei die halbe Garage noch voller Ersatzteile, man könne ja nie wissen. Nach und nach werde er alles selbst entsorgen, hatte er gesagt, die hohen Müllgebühren, er sei doch nicht blöd, und ich hatte sofort gewußt, daß die Müllkippe an der Pflaumenallee, auf die er die Teile bringen wollte, nichts anderes als der aufgelassene Steinbruch sein konnte.

Dann waren mir auch die zwei quadratischen Öffnungen hoch oben über der Bar in der Giebelwand aufgefallen, hinter denen der Mann vom Landfilm jeden Donnerstag seinen Vorführapparat aufgestellt hatte, und ich hatte daran denken müssen, daß durch diese Öffnungen nicht nur in der Stadt, sondern auch bei uns auf dem Dorf das Brüllen des Metro-Goldwyn-Mayer-Löwen in den Kulturhaussaal und also über uns gekommen war. Meist hatten in dem Kulturhaus aber nicht der Metro-Goldwyn-Mayer-Löwe, sondern die Rassehühner des örtlichen Geflügelzüchtervereins oder die Feuerwehrkapelle den Ton angegeben, manchmal auch ein Alleinunterhalter oder später ein Discjockey, die aber beide auch Mitglieder der Freiwilligen Feuerwehr gewesen waren. Angesichts der nun völlig funktionslosen Öffnungen, noch mehr aber durch den zur Exotic Bar gewordenen Schuppen im Schützenhaussaal war mir sofort wieder klargeworden, warum ich das Dorf verlassen hatte, warum wahrscheinlich auch Bergheimer das Dorf verlassen hatte, obwohl wir ja oft über das Dorf sprachen und oft auch sehnsuchtsvoll darüber sprachen. Ich weiß nicht, warum ich Bergheimer nichts von der Bar und dem Schuppen erzählte, vielleicht fehlte mir gerade jetzt die Überzeugung, daß unser Weggehen aus dem Dorf so folgerichtig gewesen war, oder ich hatte einfach keine Lust, den Wirt und das Dorf zu verteidigen, was ich zweifellos getan hätte, hätte sich Bergheimer, und das war ja zu erwarten, über den Wirt und das Dorf lustig gemacht, wie ich mich ja immer wieder dabei ertappte, Dinge gegen meine Überzeugung zu verteidigen, über die sich andere gerade lustig machten, vielleicht war ich Bergheimer in diesem Punkt sogar ähnlich.

Es hatte mittlerweile begonnen zu dunkeln, die auf dem Grund des Brunnens montierten Scheinwerfer hatten sich eingeschaltet, ihr bläuliches Licht brach brodelnd durch die Wasseroberfläche und warf einen kalten, gläsernen Schein auf die Brüste und Schenkel der Grazien und schien doch gleich wieder von ihnen abzugleiten, bis zu einem Überhang, wo es endgültig in kleine Splitter zerbrach. Auch eine Laterne hatte zu brennen begonnen, in ihrem Licht sammelten sich die ersten Insekten, umschwirrten es irritiert, um jählings mit verbrannten Flügeln abzustürzen oder sich in hilflosem Zucken hinabzuschrauben, bis einige von ihnen ins Wasser fielen, von wo aus sie, auf der Oberfläche treibend, langsam dem Brunnenrand entgegenschaukelten und um die Hälse unserer Bierflaschen kleine Kolonien bildeten. Bergheimer starrte gebannt ins Wasser, vielleicht dachte er an die Fliegen, jedenfalls hatte er es plötzlich eilig, den Brunnen am Königsplatz zu verlassen. Das Plätschern des Wassers, sagte er, gehe ihm auf die Nerven, man könne bei diesem Plätschern unmöglich in Ruhe sein Bier trinken, das Plätschern des Wassers zwinge einen unaufhörlich, das eben getrunkene Bier wieder abzulassen. Plötzlich erhob er sich, murmelte eine kurze Verabschiedung und humpelte davon, ohne sich noch einmal umzudrehen.

4

Man könne sich natürlich, schlug Bergheimer irgendwann vor, auch ein, zwei Stunden eher treffen. Solle der Besenlaub den Spielplatz doch abschließen, man könne ihm doch zuvorkommen. Immer noch gebe es die ein, zwei Stunden, nachdem die Mütter mit ihren Kindern den Spielplatz verlassen hätten und bevor der Besenlaub mit dem Schlüssel komme, immer noch gebe es dieses Zeitfenster, so sage man doch neuerdings in meinen Kreisen. Es würde ihn ohnehin interessieren, ob der Besenlaub tatsächlich, wie ihm geheißen, den Spielplatz jeden Tag gegen zwanzig Uhr abschließe, wie er reagiere, wenn wir um diese Zeit noch auf der Bank säßen und uns seinen Anweisungen widersetzten. Es wäre nur gerecht, den Besenlaub zu überwachen, schließlich habe der Besenlaub jahrelang ihn überwacht, nun drehe er den Spieß einfach um. Ein, zwei Stunden eher, das müsse mir doch möglich sein, ihm jedenfalls sei es möglich, schließlich habe er alle Zeit der Welt. Er müsse nicht wie der Besenlaub Tag für Tag zu festgesetzter Stunde diesen erbärmlichen Hilfsdienst versehen, er sei nicht wie die Frau Manninger an einen blasenschwachen Hund gebunden, er genieße den Luxus völliger Freiheit, könne seit Jahren ganz und gar frei über seine Zeit verfügen.

Natürlich kannte ich Bergheimer inzwischen so gut, daß ich ahnte, was diese Eröffnung zu bedeuten hatte. Eine Intrige sei es gewesen, bestätigte Bergheimer sogleich meine Ahnung, eine für ihn völlig offenkundige und deshalb leicht zu durchschauende Intrige, durch die er vor Jahren seine Arbeit verloren habe. Sein Meister, der Besitzer der Firma und der sogenannte Sozialstaat seien an dieser Intrige beteiligt gewesen. Rechne er den durch seinen Unfall in der Lehrzeit bedingten, von ihm also nicht verschuldeten Ausfall hinzu, habe er fast zwanzig Jahre in ein und derselben Firma gearbeitet, er könne sogar sagen, er habe der Firma treu gedient. Als er damals in der Firma angefangen habe, sei der heutige Besitzer noch sein Meister gewesen und der spätere Meister sei wie er, Bergheimer, noch in die Lehre gegangen, allein das zeige, daß es sich nur um eine Intrige handeln könne. Der damalige Meister sei durch eine Intrige zum Besitzer aufgestiegen, der jetzige Meister sei durch eine Intrige zum Meister aufgestiegen, er, Bergheimer, habe infolge einer Intrige gehen müssen. Man könne sogar so weit gehen zu behaupten, daß der sogenannte Sozialstaat nichts anderes als eine einzige Intrige sei. Und zwar eine Intrige, die von interessierten Kreisen mit nichts anderem als der Absicht geschmiedet worden sei, den wahren Charakter der Gesellschaft zu verschleiern. Es sei eine Firma für Metallerzeugnisse gewesen, eine Getriebefirma, eine Zahnradgetriebefirma, um genau zu sein. Die Firma habe alles getan, den Kreislauf der Wirtschaft in Gang zu halten, erst der sogenannten Planwirtschaft, dann der sogenannten Marktwirtschaft, das reibungslose Funktionieren von Getrieben sei einmal das oberste Ziel der Firma gewesen, aber seit der ehemalige Meister zum Chef und Besitzer aufgestiegen sei, sei dann das Wohl des Chefs und Besitzers das allerhöchste Ziel der Firma geworden. Man könne sich gut vorstellen, aus welchen dunklen Kanälen das Geld stamme, das es einem ehemaligen Meister ermöglicht habe, Besitzer der Firma zu werden. Die Firma habe nun sogar den Namen des ehemaligen Meisters als Namen getragen. Er aber, Bergheimer, sei plötzlich mit seinem fehlenden Bein und dem Wissen um gewisse Machenschaften der Sand in diesem reibungslos funktionierenden Korruptionsgetriebe gewesen. Es sei also nur eine Frage der Zeit gewesen, bis er einer Intrige habe zum Opfer fallen müssen. Worin denn die Intrige bestanden habe, wollte ich wissen. Das, antwortete Bergheimer, sei ja gerade das Perfide dieser Intrige. Einerseits sei die Tatsache, daß es sich um eine Intrige handle, vollkommen offenkundig, andererseits liege der genaue Ablauf der Intrige nahezu völlig im Dunkeln. Wie ein gut geschmiertes Getriebe sei die Intrige verdeckt abgelaufen, die Zahnräder hätten auf geheimnisvolle, höchst dubiose Weise ineinandergegriffen, das Ergebnis aber sei eindeutig gewesen, nämlich seine Entlassung. Er habe zwar Dank seines Beins einen gewissen Schutz genossen, doch der sogenannte Sozialstaat habe mit einem seiner berühmten Schlupflöcher, von dem natürlich nur die jeweiligen Intriganten Kenntnis hätten, der Intrige Tür und Tor geöffnet. Ihm sei, sagte Bergheimer, heute nach einem Schnaps zumute. Man könne sich ja für alle zukünftigen Treffen einen von diesen praktischen Flachmännern zulegen, so ein Flachmann könne einem in bestimmten Situationen wertvolle Dienste erweisen, noch immer sei so ein Flachmann der wirkungsvollste Trost. Nicht auszudenken, sagte Bergheimer, wenn er dieser Firma sein ganzes Leben lang treue Dienste hätte erweisen müssen. So gesehen sei die Intrige genau das gewesen, was sein Leben gerettet habe, die Intrige habe sich letztlich gegen die Intriganten gewendet, nun sei er frei für die wirklich wichtigen Dinge des Lebens, sei frei für das Eigentliche des Lebens. Einer wie der Besenlaub könne wahrscheinlich nie begreifen, was das Eigentliche des Lebens ist, der sei für den Rest seines Lebens an diesen Spielplatzschlüssel gefesselt, der Spielplatzschlüssel sei ihm für den Rest seines Lebens ein Klotz am Bein. Der Frau Manninger sei ihr Hund der Klotz am Bein, obwohl sie natürlich glaube, daß erst der Hund ihr Leben lebenswert mache. Meist sei ja gerade das, was das Leben lebenswert zu machen scheine, in Wahrheit der Klotz am Bein, der einen am Leben hindere. Ihm freilich, sagte Bergheimer, sei seine Prothese kein Klotz am Bein, jedenfalls nicht im Sinne des Besenlaubschen Klotzes oder des Klotzes der Frau Manninger oder im Sinne des Klotzes, der auch mir durch meinen Beruf am Bein hänge, ihn habe seine Prothese frei gemacht.

Bergheimer schaute mich herausfordernd an, er stand mit dem Rücken gegen die Hauswand gelehnt und hatte die Ferse des künstlichen Beins hinter sich auf den Mauersockel gelegt. Wir hatten diesmal weder auf dem Spielplatz noch im Goethepark eine freie Bank gefunden und waren ein wenig herumgelaufen, hatten uns, wie Bergheimer es genannt hatte, die Beine vertreten, nun standen wir wie durch Zufall wieder in der Nähe des Spielplatzes und direkt unter Annettes Fenster. Bergheimer stieß sich leicht von der Wand ab, machte einen Schritt nach vorn und drehte seinen Kopf seitlich nach oben in Richtung von Annettes Fenster, ohne das Fenster aus diesem Winkel einsehen zu können. Manchmal, sagte Bergheimer, nachdem er sich vergewissert hatte, daß die Annette sich zumindest nicht aus dem Fenster beugte, manchmal wünsche er sich nichts sehnlicher, als in Annettes Zimmer zu sitzen, genau so, wie er damals im Schuppen des aufgelassenen Steinbruchs gesessen habe, nichts sehen und hören zu müssen, nur zu wissen, daß jemand wie die Annette da sei oder bald komme. Er würde nur dasitzen und warten und das Dasitzen und Warten genießen, nicht die Annette selbst sei ja das Entscheidende, sondern allein das Wissen, daß jemand da sei oder bald komme. Soweit sein Traum, aber er wisse, daß er selbst jetzt, wo er im Grunde ja auch auf das Kommen der Annette warte, zutiefst erschrecken würde, sollte die Annette tatsächlich auftauchen. Die Nähe einer Frau, sagte Bergheimer, erschrecke ihn meist, weil er in jeder Frau eben die Frau als solche sehe und sie sofort auch begehre. Er sehe auf ihre Lippen, auf ihre Brüste, er sehe auf ihre Schenkel und immer stelle er sich dann eine sogenannte eindeutige Situation vor, von der er nicht wisse, ob er ihr in seiner heutigen Lage überhaupt noch gewachsen wäre, sein Bein, ich wisse doch, sein verdammtes Bein. Beinahe jede Frau, die er sehe, stelle er sich als Frau in seinem Bett vor, auch die Annette habe er sich immer wieder so vorgestellt, als Frau in seinem Bett. Aber eigentlich sei auch das nicht die entscheidende Vorstellung, wichtiger sei die Vorstellung, die er in dieser Situation von sich selbst habe, in seinem Falle sei das immer die Vorstellung von seinem Versagen. Ich solle mir einen Film vorstellen, eine Liebesszene in einem Film, bei dem die Kamera auf dem Teppich neben dem Bett verharre, aus dem das Lachen und das gierige, immer heftiger werdende Stöhnen eines Paars zu hören sei. Dann die auf den Boden geworfene Kleidung, die Bluse und das Hemd, der Rock und die Hose, schließlich die Unterwäsche aus Seide, wie schwerelos, fast schwebend, und dann, solle ich mir vorstellen, plötzlich das Poltern einer Prothese. So ein Film laufe in seinem Kopf ab, permanent laufe so ein Film ab, aber selbst in seinem Kopf wolle der Kameraschwenk vom Teppich zum Bett nicht gelingen. Von wegen Happyend, nach diesem Poltern gebe es einen Riß, die Leinwand bleibe weiß, wie mit Rauhreif überzogen, nur das Knistern von Zelluloid und das rhythmische Schlagen des Filmendes gegen das Gehäuse des Apparats seien noch zu hören.

Hatte ich an diesem Abend Bier oder Wein in meiner Tasche? Ich weiß es nicht mehr, möglich, daß ich sie bisher ungeöffnet mit mir herumgetragen hatte, aber Bergheimers Worte waren dazu angetan, jetzt an einen kräftigen Schluck zu denken. Er wisse manchmal nicht mehr, ob das alles, was ihm in seinen Gedanken widerfahre, auch anderen widerfahre, oder ob es nur seiner Lage geschuldet sei, ob es seine Ursache allein darin habe, daß ihm ein Stück seines Beins fehle. Nicht die Umstände seien das Problem, sondern das Nachdenken über die Umstände. Er könne sich seit seinem Unfall keine allgemein übliche Situation mehr vorstellen, keinen allgemein üblichen Gedanken eines üblichen Menschen mehr denken, er könne sich zum Beispiel nicht mehr vorstellen, was der Besenlaub denke, obwohl er sich immerzu die Besenlaubschen Gedanken vorzustellen versuche und die Gedankenwelt des Besenlaub wahrscheinlich eine zutiefst einfache sei. Seit seinem Unfall sei er völlig auf sich allein gestellt, obwohl alle möglichen Leute versucht hätten, ihn zu verstehen oder ihm zu helfen, seien sie von seinen Erfahrungen ausgeschlossen, und er sei in seinem Denken vollkommen isoliert. Je mehr er über den Besenlaub und seinesgleichen nachdenke, desto mehr müsse er erkennen, daß der Besenlaub und seinesgleichen zu den Siegern gehörten. Auch dies gehöre wohl zur sogenannten Ironie der Geschichte, daß so manche der Stützen des alten Systems nach dem Zusammenbruch des Systems zu den Siegern gehörte, während viele Gegner des alten Systems mit dessen Untergang auf die Verliererstraße gekommen seien. Gerade die Gegner seien ja mit dem System auf Gedeih und Verderb verbunden gewesen. Das alte System sei ihnen als Klotz am Bein erschienen, aber erst ohne diesen Klotz am Bein seien sie ins Stolpern geraten. Die Mitläufer dagegen seien nie ins Stolpern geraten. Manche, auch er, hätten ihre Karriere ihren Idealen geopfert, während der Besenlaub und seinesgleichen ihre Ideale ihren Karrieren geopfert hätten. Nach dem Zusammenbruch des alten Systems aber hätten diese Ideale nichts mehr gegolten, gezählt habe nur noch die Karriere. Man könne darin die Ironie der Geschichte sehen, in Wahrheit aber sei es wohl eine von den Intrigen, die Leute wie der Besenlaub von langer Hand vorbereitet hätten.

Die Straße war jetzt fast menschenleer, was für diese Zeit ungewöhnlich war. Wahrscheinlich, dachte ich, sitzen die Leute vor ihren Fernsehapparaten, weil gerade ein wichtiges Fußballspiel übertragen oder einer von ihresgleichen soeben zum Millionär oder zum Superstar oder zu beidem gekürt wurde. Und tatsächlich war jetzt in der langsam hereinbrechenden Dunkelheit aus einzelnen Fenstern jenes Flackern bläulichen Lichts zu erkennen, das von Schnitten und schnellen Kameraschwenks hervorgerufen wurde, dieses willkürliche Blinken einer Zeichensprache, die keinen wirklich erreichte. Bald würde die ganze Stadt unter diesen Zuckungen dahindämmern. Ich stellte mir vor, wie die Menschen hinter den Fenstern vor der dritten Wiederholung eines Kriminalfilms saßen, an dessen Ende sie sich nicht mehr erinnerten, an das sie sich auch in ein paar Monaten, wenn die vierte Wiederholung über den Bildschirm flackern würde, nicht mehr würden erinnern können, weil sie, während sie auf die zuckenden Bilder starrten, doch immer wieder nur an die Intrigen dachten, die ihr Leben zu dem hatten werden lassen, was es war, eine endlose Wiederholung mittelmäßiger Spielfilme, deren Happyend sie regelmäßig vergaßen. In diesem Moment wurde mir klar, daß ich Bergheimer insgeheim beneidete, ihn um sein verlorenes Bein beneidete, weil dieses verlorene Bein ihm eine Rechtfertigung lieferte für all die mißlungenen Versuche und vertanen Chancen in seinem Leben, in dem ich nichts anderes als ein verpfuschtes Leben sah. Ich war Zeuge eines Kampfs, den Bergheimer kämpfte, um aus den Trümmern seines Lebens diese und jene Illusion zu retten, um aus dem zersplitterten Holz einen Resonanzkörper zu leimen, auf dem sich noch einmal die längst vergessen geglaubte Melodie würde spielen lassen. Ich war eher unfreiwillig zum Zeugen geworden und hatte mich in der bequemen Rolle des Voyeurs gewähnt, jetzt aber merkte ich, daß dieser Kampf mich faszinierte, weil ja auch ich, obwohl nur heimlich, diesen Kampf kämpfte. Aber war nicht mein Kampf viel aussichtsloser? Manche hatten ihren Glauben, Bergheimer hatte immerhin sein verlorenes Bein, ich aber hatte nichts, was als Ausrede würde herhalten können. Dabei hätte ich Ausreden bitter nötig gehabt. Zwei Monate zuvor erst war Scholze-Hellmich zum Leiter unserer Entwicklungsabteilung ernannt worden, obwohl Scholze-

Hellmich, oh Verzeihung, Dr. Scholze-Hellmich natürlich, erst viel später in die Firma gekommen war und alle, vor allem ich selbst, mit meiner Berufung gerechnet hatten. Scholze-Hellmich war gut zehn Jahre jünger als ich und einer von jenen Schlips-und-Kragen-Typen, deren größte Fähigkeit es ist, ihren beschränkten Intellekt ins rechte Licht zu rücken und mit schwulstigen Reden aufzublähen. Der Sohn begüterter Eltern aus einer schwäbischen Kleinstadt, für den die Umstellung der Postleitzahlen noch heute zu den größten Veränderungen im Leben zählte und der sich genau erinnern konnte, was er an dem Tag gemacht hatte, als im Fernsehen die Mauer fiel, wie lächerlich! An meiner fachlichen Qualifikation gebe es nichts auszusetzen, hatte der Chef gesagt, keiner kenne die Firma besser als ich, aber wenn es um einen Leitungsposten gehe, könne er an Dr. Scholze-Hellmichs Eloquenz nicht vorbeigehen, schließlich stehe die Reputation der Firma auf dem Spiel. Er wolle mir nicht zu nahe treten, aber ich sei viel zu introvertiert für so einen exponierten Posten, er sei sich freilich sicher, daß Dr. Scholze-Hellmich in mir einen wichtigen und unverzichtbaren Mitarbeiter haben werde, er jedenfalls rechne fest mit meiner Loyalität gegenüber der Firma. Der kann sich, hatte ich gedacht, seine Loyalität sonstwohin stecken und mit diesem promovierten Lackaffen eloquent sein, bis ihm der Mund fußlig wird. Ich hatte geschwiegen, im stillen dem Chef, der nun eine Flasche Bodylotion aus seiner Aktentasche genommen und in meiner Gegenwart begonnen hatte, sich Hände und Gesicht einzucremen, sogar recht gegeben. Und damit indirekt auch Birgit, die immer verlangt hatte, ich solle mehr aus mir herausgehen und endlich mal kräftig auf den Tisch hauen. Diese trockene Büroluft sei unerträglich, hatte der Chef gesagt, und mir sogar etwas von seiner Bodylotion angeboten, deren süßlich-blumiger Duft mich an Westpakete erinnerte. Mehrere Jahrzehnte lang hatte meine Großmutter von einer Bekannten, die niemand aus der Familie je gesehen hatte, jedes Weihnachten ein solches Paket bekommen. Die beiden Frauen mußten sich während irgendeiner Hungersnot kennengelernt haben, aber obwohl die Pakete meist nie mehr als Margarine, Konserven und vakuumverpackten Speck enthielten, entströmte ihnen dieser süßlich-blumige Duft. Als meine Großmutter dann zu gebrechlich geworden war, um den obligatorischen Antwortbrief selbst zu schreiben, diktierte sie mir ihre Dankbarkeit, und das nächste Paket enthielt eine Packung Kaugummi, die wie der Speck und die Konserven roch. Dieser billige Almosengeruch hatte sich nun für immer im Zimmer des Chefs festgesetzt. Und ich hatte mich für sein Vertrauen bedankt.

Als Bergheimer sagte, daß man ja noch ein Stück gehen könne, und sich sogleich von der Mauer löste, kam es mir vor, als wäre sein Humpeln heute viel stärker als an den anderen Tagen, an denen ich es manchmal kaum noch bemerkt hatte. Das Schlimmste, sagte Bergheimer, sei der Phantomschmerz, er habe keinen linken Fuß mehr, aber manchmal schmerze ihn sein linker Fuß, und das seien die schlimmsten Schmerzen, die man sich vorstellen könne. Ein unerträgliches Jucken in den Zehen, klagte Bergheimer, ein fürchterliches Brennen in der Ferse. Schmerzen, deren Ursache völlig im Dunkeln liege, wie ja auch der Hintergrund der allgegenwärtigen Intrigen völlig im Dunkeln liege. Einmal habe er bei einem Schulfest ein Gedicht aufsagen müssen, seine Mutter sei deshalb extra aus der

Stadt gekommen. Er habe mit feuchten Händen auf der Bühne des Kulturhauses gestanden, da seien doch diese Kronleuchter gewesen, ich könne mich sicher noch an diese riesigen Kronleuchter erinnern, er habe also dagestanden, dabei nur seine Mutter angesehen und dieses Gedicht fehlerfrei aufgesagt, ohne Stocken, kein Versprecher, nichts, noch heute könne er es auswendig. Allein für sie habe er es aufgesagt und sei sofort nach seinem Auftritt zu ihr gerannt. Er hätte falsch betont, habe seine Mutter gesagt, er hätte nur vor sich hingestarrt und dagestanden wie ein Stockfisch. Sie habe es vorwurfsvoll gesagt, er aber habe nicht gewußt, was falsch gewesen sei. Die Mutter habe diesen Satz mehrfach wiederholt, obwohl es dafür in seinen Augen keinen Grund gegeben hatte, noch jahrelang habe dieser Satz auf ihm gelastet. Es sei wie mit dem Fuß, der Fuß schmerze, aber der Ausgangspunkt des Schmerzes sei längst nicht mehr vorhanden, alles taub, sagte Bergheimer und klopfte zum Beweis gegen seine Prothese.

Als wir den Spielplatz fast erreicht hatten, war es schon weit nach zwanzig Uhr, doch erst jetzt trat der Besenlaub aus der Durchfahrt auf die Straße. Aufreizend langsam schlenderte er vor uns her, pfiff eine alberne Melodie und ließ dabei unentwegt den riesigen, an einem langen Gurt hängenden Schlüsselbund aus seiner Hand gleiten, um ihn dann mit einem Schwung wieder nach oben zu werfen, so daß er in die Handfläche rasselte. Eine Geste, in der Bergheimer die ganze Besenlaubsche Arroganz gebündelt sah und deren Rhythmus nun sein Hinken begleitete, das jetzt auch tatsächlich viel stärker geworden war. Besenlaub indes betrat den Spielplatz und begann mit einem Greifer die Abfallreste aufzuklauben und in einen blauen

Müllsack einzusammeln. Es dauerte lange, bis er eine leere Zigarettenschachtel oder einen zerplatzten Luftballon zwischen den Klauen fixiert hatte und dann mit einer merkwürdigen Verrenkung aus dem für diesen Zweck viel zu langen Greifer über dem Müllsack wieder freigab. Den Schlüsselbund hatte er inzwischen in der Tasche seiner Jogginghose verstaut, die dadurch an einer Seite nach unten gerutscht war, über dem Gummi wölbte sich das Fett seiner Hüften.

Einer wie der Besenlaub könne nicht aufhören, unentwegt im Dreck zu wühlen, sagte Bergheimer, der Besenlaub lebe in der Illusion, die Schlüsselgewalt zu besitzen, in Wahrheit aber wühle er im Müll. Im Grunde habe sich für den Besenlaub nichts geändert, früher habe er den Kirchenschlüssel gehabt, jetzt habe er den Spielplatzschlüssel, früher habe er Dreck am Stecken gehabt, jetzt habe er wieder Dreck am Stecken. Die Tatsache aber, daß sich für den Besenlaub nichts geändert habe, sei der eigentliche Sieg des Besenlaub. Früher habe er die Kirchentür abgeschlossen, heute schließe er das Spielplatztor ab, immer habe er das Gefühl, auf der richtigen Seite zu stehen, dann gehe er nach Hause und fresse sich den Speck auf die Hüften, er, Bergheimer, könne so nicht leben, aber für einen wie den Besenlaub sei das wahrscheinlich das allergrößte Glück. Der Besenlaub lebe trotz seines Klotzes am Bein vollkommen unbeschwert, er habe kein Gewissen, während er, Bergheimer, trotz seiner Freiheit gefangen sei. Er habe schwer an sich zu tragen, und diese Last drohe ihn zu erdrücken. Auch in bezug auf die Annette drohe ihn diese Last zu erdrücken. Der Besenlaub dagegen sei der Annette vollkommen unbeschwert begegnet, er, Bergheimer, habe es vor ein paar Tagen selbst mit ansehen müssen. Die zwei hätten miteinander geredet, es sei auf den ersten Blick ein harmloses Gespräch gewesen, aber ihn habe der Besenlaub nicht täuschen können, für ihn seien die wahren Absichten des Besenlaub leicht erkennbar gewesen. Man habe den Besenlaub nur richtig anschauen müssen, eine Hand tief in der Tasche seiner Jogginghose vergraben, so habe er dagestanden und sich, während die Hand scheinbar mit dem riesigen Schlüsselbund spielte, ganz offensichtlich voller Wollust seine Eier gekrault. Dabei habe der Besenlaub die Annette angestarrt, und zwar völlig ungeniert, auf ihre Brüste habe er gestarrt und auf ihre Schenkel und sich dabei sicher das Seine gedacht, die ganze Besenlaubsche Geilheit sei in diesem Blick sichtbar geworden, und es sei ihm unverständlich, daß die Annette dies nicht durchschaut habe. Es habe ihn entsetzt zu sehen, mit welcher Naivität die Annette das Gespräch fortgesetzt habe, wie blind sie gegenüber den wahren Besenlaubschen Absichten gewesen sei, sagte Bergheimer. Wenig später habe sich sein Entsetzen sogar noch gesteigert, da sei er schon längst vor dem Anblick dieser jämmerlichen Situation geflohen gewesen, aber plötzlich sei ihm der Gedanke gekommen, daß die Annette die Besenlaubschen Phantasien sehr wohl durchschaut haben könnte, ohne daran auch nur im geringsten Anstoß zu nehmen. Vielleicht habe es sie sogar gefreut und in ihrer Weiblichkeit bestätigt. Nein, die Annette sei dem Besenlaub wohl eher auf den Leim gegangen. Erst habe die Annette den Besenlaub angesprochen, wahrscheinlich um ihn auf eine sein Amt betreffende Verfehlung aufmerksam zu machen, der Besenlaub aber habe ihr Anliegen und damit sein Amt schamlos ausgenutzt, um sich der Annette in eindeutiger

Absicht und auf die abgeschmackteste Weise zu nähern. Wie der Greifer nach einer weggeworfenen Zigarettenschachtel, so habe der Besenlaub in Gedanken nach der Annette gegriffen und dann die Schlinge um ihren Hals immer enger zusammengezogen. Im Grunde habe er für den Besenlaub nur Verachtung übrig, dennoch wünsche er sich manchmal, wie der Besenlaub sein zu können. Außerdem habe der Besenlaub wahrscheinlich den allerbesten Schlaf. Im Gegensatz zu ihm, der oft nächtelang wachliege und über Gott und die Welt nachdenke, habe der Besenlaub sicher einen tiefen und ruhigen Schlaf und sei zu grundlegenden Gedanken über das eigene Schicksal und das der Welt überhaupt nicht in der Lage.

Der Besenlaub hatte nun begonnen, das verstreut im Sandkasten herumliegende Bonbonpapier einzusammeln, wobei er nur wenige der bunten Stanniolfetzen mit Hilfe des Greifers tatsächlich in den Müllsack beförderte, sondern die meisten mit Hilfe seines Greifers nur tiefer in den Sand hineindrückte. Bergheimer sah mich mit einem Blick an, der wohl besagen sollte, daß dazu nichts zu sagen sei. Er sagte auch nichts, ging statt dessen auf den Spielplatz zu und war schon im Begriff, das Spielplatztor zu öffnen, woraufhin der Besenlaub sofort von dem Bonbonpapier abließ und seinerseits, den Greifer drohend erhoben, auf das Tor zugerannt kam. Halt, rief er, Halt, stehenbleiben, und hätte doch, das jedenfalls ließ sein Tonfall vermuten, am liebsten Halt, stehenbleiben oder ich schieße gerufen. Und wirklich, Bergheimer blieb stehen, er nahm sogar die Hand von der Klinke. Die Tür schwenkte langsam in Richtung Spielplatz. Der Spielplatz sei um diese Zeit bereits geschlossen, erklärte Besenlaub, ob wir denn nicht lesen könnten, schließlich seien die

Öffnungszeiten auf dem Schild deutlich vermerkt, und das nicht umsonst, was wir überhaupt ohne Begleitung von Kindern auf einem Spielplatz zu suchen hätten, er habe uns schon ein paar Mal beobachtet, irgend etwas würden wir doch im Schilde führen, aber nicht mit ihm, mit ihm nicht. Er zog den Schlüsselbund hervor und schloß die Spielplatztür von innen ab. Von Bergheimer war kein Widerspruch zu hören, er kam zurück und fluchte nur leise vor sich hin. Er habe ein Recht, sich zu setzen, murmelte er, er habe einen Ausweis, das Fehlen eines Fußes sei ihm amtlich bestätigt worden, mit allen daraus resultierenden Rechten, auch der Besenlaub, gerade der Besenlaub als von Amts wegen eingesetzte Dienstperson habe das zu respektieren. Der Besenlaub aber war als amtlich bestellter Spielplatzwärter noch lange nicht fertig mit uns, allmählich habe er die Schnauze voll von solchen Typen, die schöne neue Bank sei schon völlig beschmiert, er könne uns leider nur aussperren, dabei gehörten wir eingesperrt. Auf deutsch gesagt gehörten wir…, begann der Besenlaub auf deutsch, dann aber winkte er nur ab und brummelte, daß man das, was zu sagen wäre, in Deutschland heutzutage leider nicht mehr sagen dürfe. Bergheimer war völlig verstört, er müsse sich setzen, sagte er leise, er sei den ganzen Abend herumgelaufen, nun müsse er sich setzen und schlug die Straßenbahnhaltestelle am Goethepark vor. Dort sei ein Kommen und Gehen, daß man gar nicht auffalle, dort werde keiner Anstoß an seinem Anblick nehmen.

Die Haltestelle lag nur hundert Meter entfernt, wir setzten uns auf die Kunststoffbank, die keine Lehne hatte und in einem nach vorn hin offenen Glaskasten stand, was

Bergheimer sogleich die Gelegenheit bot, darauf hinzuweisen, daß auch alle Straßenbahnhaltestellen in den letzten Monaten radikal umgestaltet worden seien. Er sagte auch das leise und mehr zu sich selbst, er murmelte es nur vor sich hin, ganz ohne die ihm sonst eigene eifernde Entrüstung. Immer wieder lese man, daß die Stadt vollkommen pleite sei, trotzdem seien alle Straßenbahnhaltestellen in den letzten Monaten radikal umgestaltet worden, und zwar so, daß heute alle Haltestellen einander ganz und gar glichen. Wir saßen gegen die Scheibe gelehnt, hinter unserem Rücken auf dem Werbeplakat schäumte ein heimisches Bier über den Rand des beschlagenen Glases. Über Besenlaub fiel kein Wort, Bergheimer sah blaß aus. Soviel Zeit muß sein, stand auf dem Plakat, von dem ein feister, stadtbekannter Entertainer mit seinem Operettengrinsen warb.

Mir fiel ein, was Bergheimer mir kürzlich über seine und Besenlaubs gemeinsame Vergangenheit erzählt hatte. Wieso hatte der ihn nicht wiedererkannt? Ich kannte niemanden im Dorf, der Besenlaub hieß, na gut, hatte ich bisher gedacht, vielleicht ist er erst nach meinem Weggang zugezogen, nun kamen mir Zweifel. War das auch nur eine von Bergheimers merkwürdigen Geschichten? Er wäre nicht der erste gewesen, der versucht hätte, mit ein paar kleinen Betrügereien die große Lebenslüge zu vergessen. Sollte ich ihn deswegen zur Rede stellen? Vielleicht hätte ich es getan, aber schon näherte sich eine Straßenbahn und bot Bergheimer die Gelegenheit, sich von mir zu verabschieden. Ich blieb noch eine Weile an der Haltestelle sitzen und mußte plötzlich daran denken, wie ich Birgit hier kennengelernt hatte. Ich hatte damals noch studiert, sie war manchmal mit Freunden in unseren Studentenclub gekommen. Es war die übliche Geschichte, wir hatten getanzt, geredet, viel getrunken und irgendwann zusammen an der Haltestelle gestanden. Die Haltestelle war damals noch ein kleines, von außen nicht einsehbares Häuschen aus Klinkersteinen, seine Vermessung und Aufrißzeichnung mein erster Praktikumsauftrag. Ich wußte alle Höhen und Tiefen, jeden Winkel kannte ich. Nun hatte ich wieder in diesem Häuschen gestanden und mit zitternden Händen Birgits Körper vermessen. Als sich die Bahn der Haltestelle genähert hatte, war die erste Skizze in meinem Kopf vollendet. Ich war dann mit zu ihr gefahren, wir hatten miteinander geschlafen und uns später ein paarmal wiedergesehen, irgendwann, sagt man sich, ist man ein Paar. Birgit, so erfuhr ich, hatte keinen Studienplatz bekommen, an ihren Leistungen konnte es nicht gelegen haben, eher an ihrer allzu offen gezeigten Sympathie für die polnische Gewerkschaftsbewegung. Ich hatte sie bewundert, und mir war mein Studium deshalb wie ein Makel erschienen, für den ich mich ständig vor Birgit entschuldigen zu müssen glaubte. Was hatte ich mir nicht alles ausgedacht, um mich ihrer Unbotmäßigkeit gegenüber dem Staat ebenbürtig zu erweisen und meine Zulassung als Betriebsunfall der zuständigen Organe darzustellen. Sicher, ich hatte nicht gleich von Verschwörung gesprochen, aber ein bißchen Lack hatte ich aufgetragen, um unser Grüppchen von der Pflaumenallee im Schein der Konspiration glänzen zu lassen. Birgit und ich, wir hatten dann ein bißchen mit dem Feuer gespielt, waren zu Untergrundlesungen gegangen, hatten nächtelang in verrauchten Wohnungen die politische Lage diskutiert und verbotene Schriften verteilt. Wir waren eher eine politische Zelle als ein Liebespaar. Aber jetzt, an dieser nächtlichen Haltestelle sitzend, wußte ich nicht genau, vor was ich damals mehr Angst gehabt hatte, von der Uni geschmissen zu werden oder aus Birgits Bett. In meinem Rücken schäumte das Bier, mir war kalt, zu Hause, dachte ich, müßte es noch einen Whiskey geben.

5

Was denn schon geworden sei aus all denen, die damals immer auf der Bank an der Pflaumenallee gesessen und um die Bank herumgestanden hätten, fragte Bergheimer. Er wolle das eigentlich gar nicht wissen, es interessiere ihn nicht, aber er könne es sich natürlich ganz genau vorstellen, denn wahrscheinlich sei aus ihnen genau das geworden, was schon damals zu erwarten war. Er brauche doch nur den Besenlaub anzusehen, diesen ehemaligen Kirchenknecht und heutigen Spielplatzpförtner, die ach so liebreizende Annette oder auch mich, und schon wisse er, was aus den Freunden von damals geworden sei, obwohl ja nur ich damals tatsächlich dabeigewesen war, bei dieser Clique, zu der er selbst erst viel später gestoßen sei. Erst nach Monaten nahezu vollkommener Isolation habe er diese verschworene Dörflerkumpanei aufbrechen können, erst nach Jahren sei ihm ein Bleiberecht auf dieser Bank zuerkannt worden, erst ein Stehplatz neben der Bank, dann ein Sitzplatz, er habe sich hocharbeiten müssen, erst nach all den albernen Mutproben, vor allem aber wohl wegen des Himbeerweins, den er aus dem Keller seiner Großmutter gestohlen habe, sei er für würdig befunden worden, dieser Bank beizutreten, die ja von uns wie eine Kultstätte verehrt und verteidigt worden sei. Vielleicht habe es bei den Besenlaubs nur einfach keinen Himbeerwein gegeben, und der Besenlaub habe sich deshalb nie in eine Bankgesellschaft wie die unsere einkaufen und einschleusen können. Man wolle ja immer irgendwo dazugehören, der Besenlaub aber habe auch später nicht zu den Verschwörern gehört, also habe er sein spärliches Wissen um die Verschwörung kurzerhand verkauft, ohne in seiner Naivität zu ahnen, daß er damit Teil einer viel größeren und weiterreichenden Verschwörung geworden sei. Auch der Besenlaub habe sich hocharbeiten wollen und sei dabei immer mehr in diesem Korruptionssumpf versunken. Vielleicht, sagte Bergheimer, sei es ja wirklich so banal gewesen. Oder bei den Besenlaubs habe ein Geist tiefer Gläubigkeit geherrscht, unter dessen gläserner Glocke es dem Besenlaub zu jener Zeit unmöglich gewesen sei, seinen Verrat überhaupt als solchen zu erkennen. Wer nicht mit uns ist, ist gegen uns, in diesem Sinne müsse der Besenlaub erzogen worden sein. Gerade sein Verrat müsse ihm deshalb als Treuebekenntnis erschienen sein, genau so wie seine Mutter, indem sie ihn, Bergheimer, verraten habe, ein Treuebekenntnis zu ihrem Mann abgelegt habe. Aber egal, wie eine Horde frühreifer Dorfältester hätten wir auf der Bank an der Pflaumenallee gegluckt und sie für den Nabel der Welt gehalten. Der Mittelmäßigkeit hätten wir damals vollmundig den Kampf angesagt, aber dann wäre irgendwann die Mäßigung das Mittel zum Zweck unseres Lebens geworden. Im Grunde unseres Herzens säßen wir doch noch immer dort, der Mief der Pflaumenalleebank hänge uns noch immer an, unsere Berufe hätten unterschiedliche Bezeichnungen, unsere sogenannten Familienverhältnisse befänden sich vielleicht gerade in einem anderen Zustand, der eine sei verheiratet, der andere geschieden, aber das sei nicht von Bedeutung, Fakten, die nichts bewiesen, das sei nur der Lack, die Wirklichkeit aber, unsere Gewöhnlichkeit nämlich, sei schon damals auf der Bank an der Pflaumenallee absehbar gewesen, sagte Bergheimer auf der Bank vom Heilig-Geist-Platz, auf der wir diesmal saßen.

Der Heilig-Geist-Platz verdankte seinen Namen der Heilig-Geist-Kirche, die in der Mitte des dichtumbauten kleinen Platzes aufragte wie der Hackstock aus einem Haufen Feuerholz und in deren Schatten wir saßen, denn obwohl wir uns, wie von Bergheimer vorgeschlagen, schon zwei Stunden eher getroffen hatten, waren wir nicht bis zum Spielplatz gegangen, sondern hier auf dem Heilig-Geist-Platz geblieben. Er wolle sich unsere Treffen nicht von einem Menschen wie dem Besenlaub diktieren lassen, außerdem hätte ich mich von der Besenlaubschen Niedertracht ja schon überzeugen können, es bedürfe keines weiteren Beweises.

Die Glocken der Kirche schlugen gerade sechs, als Bergheimer einen Flachmann aus seiner Tasche zog. Himbeergeist, sagte er, und daß man Himbeergeist wohl am besten im Schatten der Heilig-Geist-Kirche trinke. Zwei Männer auf einer Bank und eine Flasche Himbeergeist, in Wahrheit sei das die kleinste Zelle der Gesellschaft. Schnell nahm ich eine Flasche Bier aus meiner Aktentasche und reichte sie Bergheimer, als wolle ich ihm zuvorkommen und damit bekunden, daß ich mit der Neuverteilung unserer Rollen keineswegs einverstanden war, für die Getränke war immer noch ich zuständig. Meine Angst war unbegründet, denn Bergheimer nahm nach einem Schluck aus dem Flachmann den Gesprächsfaden sofort wieder auf. Die Sache sei doch die, sagte er mit von der

Schärfe des Himbeergeists verkniffenem Gesicht, daß man sich auf nichts so verlassen könne wie auf die Tatsache, daß die Träume und Vorstellungen, die man in der Jugend von seinem Leben habe, mit der Zeit verlorengingen, und zwar ganz allmählich, fast unmerklich, so wie die Brandung des Meeres oder das Wasser eines Flusses jeden Stein mit der Zeit abrunde und glätte und man den Eindruck habe, im Wasser hätten schon immer nur runde, glatte Steine gelegen. Damals hätten aber alle, die um die Bank an der Pflaumenallee gestanden hätten, dem Schotter geglichen, der irgendwann vom später aufgelassenen Steinbruch unter die Bank gekarrt worden sei, heute dagegen glichen sie alle den glattgeschliffenen Steinen eines Flußbetts, für ihn sei das keine Überraschung, sondern ein Naturgesetz. Man dürfe sich aber nicht täuschen lassen, so wie man sich von der Glätte eines Steins nicht blenden lassen dürfe, auch wenn es sich um vergebliche Leben handele, handele es sich in der Regel um tadellos funktionierende Leben. Der Beruf, den man nie habe ergreifen wollen, aber dann doch wie selbstverständlich ergriffen habe, die Familie, in der man alles anders und natürlich besser habe machen wollen, bis man irgendwann vor den gleichen Problemen stehe wie die eigenen Eltern, das alles zerstöre das Leben und lasse es doch gleichzeitig erst funktionieren. Ein Beruf, eine Familie, dahinter könne man sich wunderbar verstecken, die allermeisten Leben glichen solide verschanzten Festungen, doch das sei alles nur Blendwerk, nur ein fingiertes Glück. Bergheimer starrte auf den Vorplatz der Kirche. Auch auf dem Vorplatz der Heilig-Geist-Kirche befand sich eine Art Brunnen, eine riesige Marmorkugel, die sich entgegen aller Erwartung und den Gesetzen der Schwerkraft nahezu mühelos bewegen ließ. Man brauchte sie nur anzustoßen, schon begann sich die Kugel, getragen von einer dünnen Schicht Wasser, das unaufhörlich und mit großem Druck unter ihr hervorgepreßt wurde, um sich selbst zu drehen. Die Kugel schwebte, ohne daß man sie schwebend nennen konnte, sie lag da und käme doch erst zum Liegen, wenn jemand das Wasser abstellen würde. Sie sei wie das Leben, sagte Bergheimer, sie drehe sich immerzu um sich selbst.

Er könne sich ja nicht einmal mehr an all die Namen von damals erinnern, nur manchmal spuke einer von diesen albernen Spitznamen in seinem Kopf herum. Der Teigvetter zum Beispiel, ob ich denn noch wisse, welchen Vornamen der Teigvetter tatsächlich gehabt habe, er jedenfalls könne sich nicht erinnern. Teigvetter hatten wir den Sohn des örtlichen Bäckermeisters genannt, eines großen, kräftigen Mannes mit grauen, lockigen Haaren, den man nur zu sehen bekam, wenn er, ein Brett voller Brote oder ein Kuchenblech auf dem nach oben gewinkelten Arm balancierend, kurz in den Laden trat, in einem weißen, ärmellosen Unterhemd, mehlbestäubt, und der Kundschaft einen stummen Gruß zunickte, flüchtig nur, fast ängstlich, dann einen ebensolchen Blick in die mit einem lauten Rasseln aufspringende Kasse warf und wieder verschwand. Weißbäckerei Vetter hatte auf dem Schild über der Ladentür gestanden. Der Teigvetter habe ausgesehen, als sei er jahrelang ausschließlich mit den Erzeugnissen der väterlichen Weißbäckerei ernährt worden, sagte Bergheimer, eine weiße Haut habe der Teigvetter gehabt, und sein ganzer Körper sei wie ein riesiger Hefeteigklumpen beschaffen gewesen, weshalb sein Spitzname ihm auch weitaus eher entsprochen habe als sein richtiger

Name, an den er sich wohl deshalb nicht mehr erinnern könne. Ganz genau erinnere er sich dagegen an das Reh, das der Teigvetter einmal gefunden habe. Es sei ein ganz junges Reh gewesen, das von seiner Mutter verlassen worden war, ein Kitz mit weißen Flecken auf dem Fell, vielleicht hatten Jäger die Mutter geschossen, oder sie war von einem Mähdrescher auf einem der riesigen Getreideschläge der LPG tödlich verletzt worden. Bis zuletzt habe sie ihr Junges gegen die in breiter Front anrückenden Mähdrescher verteidigen wollen, habe die Maschinen in ihrer Verzweiflung vielleicht sogar angegriffen und sei dabei ins Schneidwerk geraten. Die scharfen Messer am Zinkenkamm, die zerbrechlichen Beine des Rehs, wer wenn nicht er könne sich das vorstellen. Der Teigvetter jedenfalls habe das verwaiste Kitz mit nach Hause genommen, zum Weißbäcker, in dessen Garten er es mit der Flasche aufgezogen habe. Ausgerechnet der Teigvetter! Er habe Tiere damals über alles geliebt, sagte Bergheimer, oft sei er nach der Schule allein oder mit den anderen zu Teigvetters Garten gegangen, um nach dem Rehkitz zu sehen. Es sei ganz zutraulich gewesen, einmal habe es direkt am Zaun gestanden und ihn mit seinen großen braunen Augen angesehen. Er hätte es berühren können, durch die Maschen des Drahtzauns hindurch hätte er es streicheln können, statt dessen habe er seine Hände gehoben, ein imaginäres Gewehr umfaßt, mit schräggelegtem Kopf direkt zwischen die großen, staunenden Augen gezielt und abgedrückt. Vielleicht sei es der Neid auf den Teigvetter gewesen, vielleicht habe er den anderen imponieren wollen, er wisse auch das nicht mehr, aber er wisse noch ganz genau, daß plötzlich die Mutter von Teigvetter hinter ihm gestanden und ganz ruhig, aber mit abgrundtiefer Verachtung in der Stimme seinen Namen gesagt habe, zunächst nur seinen Namen und dann, daß sie von ihm nichts anderes erwartet habe. Ein verlassenes Großstadtkind, was könne man da schon anderes erwarten, habe die Bäckersfrau gesagt. Er habe vor Scham im Boden versinken, sich eine Tarnkappe überwerfen oder das Gewehr auf ihre weiße Bäckerschürze und alle Zeugen seines Frevels richten wollen, und sei schließlich doch davongelaufen. Damals sei er ja noch gut zu Fuß gewesen, über die riesigen abgemähten Schläge sei er gelaufen, so schnell, daß es ihm den Atem genommen habe, er sei gestürzt und habe sich die Hände an den harten Stoppeln zerkratzt, immer weiter, mit blutigen Knien und heulend, bis zum aufgelassenen Steinbruch, für immer gezeichnet als potentieller Schlächter kleiner unschuldiger Rehkitze. Der Teigvetter sei seit diesem Tag von ihm gehaßt worden, der habe danach bei ihm nichts mehr zu lachen gehabt, am Teigvetter habe er sich gerächt und gegen ihn intrigiert. Tagsüber habe er neben ihm auf der Bank gesessen, als sei nichts gewesen, nachts aber, in seinen Träumen, sei der Teigvetter von ihm vernichtet worden. Mit Schneidmessern und eisernen Zinkenkämmen habe er ihn traktiert, ins Mahlwerk habe er seinen fetten Körper geworfen, doch es habe nichts genützt. Jedesmal wenn er später in die Augen von Tieren gesehen habe, seien es die staunenden Augen von Teigvetters Rehkitz gewesen, immer wieder habe sich dieses Gefühl eingestellt, diese Mischung aus Scham und Wut. Noch heute habe er manchmal den Wunsch, zu Teigvetters Mutter zu gehen und alles richtigzustellen, ihr zu erklären, wofür er selbst keine Erklärung habe, aber er habe den Laden der Weißbäckerei Vetter nie mehr betreten, bis heute nicht, da wahrscheinlich längst der Teigvetter selbst in der Backstube stehe und dessen Frau hinter der Ladentheke, so wie es bei den Mitgliedern der Vetterdynastie seit Generationen Tradition gewesen sei. Früher habe der Teigvetter einem Teigklumpen geglichen, jetzt gleiche auch er einem Stein aus der Brandung des Meeres.

Ich schwieg, wippte mit meinem Bein und mußte daran denken, daß Bergheimer mit seinem Bein nicht wippen konnte.

Ich könne nicht immer nur schweigen, sagte Bergheimer nach einer Weile im Tonfall meines Chefs, ich könne nicht immer so tun, als ginge mich das alles nichts an. Schweigen, ja, das könne ich, das sei meine Masche, sich nur nicht den Mund verbrennen, sich immer ein Hintertürchen offenhalten, das sei typisch für mich. Für mein Schweigen könne es nur zwei Gründe geben, Arroganz oder Unsicherheit, das aber seien nur zwei Seiten jener Medaille, die ich mir als Zeichen meiner Zugehörigkeit zum Misanthropenorden an die Brust heften könne. O ja, höhnte Bergheimer, ich könne wahrlich stolz sein auf mein Schweigegelübde, er aber durchschaue die Dünkelhaftigkeit meines Schweigens, die Herausforderung, die in meinem Schweigen liege, meine Zurückhaltung sei nur eine von mir mit viel Geschick und Hartnäckigkeit praktizierte Methode, ein übler Trick, mich in den Vordergrund zu drängen.

Der Teigvetter heißt Joachim, sagte ich schnell und riß ihm den Flachmann aus der Hand, er ist Architekt geworden und hat ein eigenes Büro in der Hauptstadt.

Und wenn schon, antwortete Bergheimer gereizt, woher ich das denn wissen wolle und überhaupt, Architekt, was das schon bedeute, nichts bedeute das, gar nichts. Ich bräuchte mich doch nur umzusehen, nichts als Zuckerbäckerarchitektur, wo man auch hinsehe, nichts als Konditorenbaukunst, da seien nur Dekorateure am Werk. Wahrscheinlich verdiene der Teigvetter seine Brötchen mit dem Backen mehlweißer Einfamilienhäuser und Büroburgen mit Spritzgußornamenten und Sahnehäubchen. Sicher gebe es ein Porträt von ihm in der Bäckerzeitung: Einer der Unseren in der großen weiten Welt. Oder er entwerfe einfach nur Spielplätze, kleine lausige Spielplätze. Eigenes Büro, Hauptstadt, große weite Welt, damit könne man ihn nicht mehr beeindrucken, der Teigvetter sei schon immer ein Muttersöhnchen gewesen, er, Bergheimer, könne sich richtig vorstellen, wie dieser Teigberg mit seiner Bäckerseele in seinem hauptstädtischen Büro kreiße und statt eines neuen architektonischen Weltwunders immer nur Spielplätze gebäre. Vorschriftsmäßig abschließbare Spielplätze, auf denen die Schaukelsitze wahrscheinlich Rehkitzköpfe trügen. Vielleicht habe sich der Vetter seine Erfindung sogar schützen lassen, Vetters Schaukelsitz, Marke Rehkitz, es sei einfach lächerlich. Aber man könne sich heute natürlich alles schützen lassen, erklärte Bergheimer, Ideen, Namen, Hirngespinste, jeder kleine Bäckermeister könne heute den Namen eines großen Toten schützen lassen, um unter diesem Namen dann Zukkerzeug zu verkaufen oder ihn auf Kaffeetassen, Baseballmützen oder Einkaufsbeutel zu drucken. Goethe auf einem Flaschenöffner, Nietzsche auf einem Feuerzeug, nichts sei denen zu blöd. Auch Metro-Goldwyn-Mayer habe sich den Filmtitel und also seinen Romantitel bestimmt längst schützen lassen, solchen Krämerseelen sei ein freier Geist schutzlos ausgeliefert, deren skrupelloser Profitsucht hinke ein freier Geist immer hinterher.

Die Glocken der Heilig-Geist-Kirche schlugen siebenmal, als Bergheimer erneut einen Schluck aus seinem Flachmann nahm und darüber mein neuerliches Schweigen vergaß. Er wisse gar nicht, sagte er, mit dem Himbeergeist auf den Kirchturm weisend, welcher Geist heute in der Heilig-Geist-Kirche herrsche, auf jeden Fall sei es kein freier Geist, nicht einmal ein heiliger Geist, zumindest bei den meisten Sonntags- und Weihnachtsbesuchern nicht. Die meisten Sonntagsbesucher der Heilig-Geist-Kirche hätten mit dem heiligen Geist heute genauso wenig zu tun wie der Teigvetter mit Architektur. Ihn wundere das nicht, wie gesagt, er sei der Kirche gegenüber ja schon immer skeptisch gewesen. Auch die Heilig-Geist-Kirche sei nur noch eine schöne Hülle, ein Zuckerguß, darunter aber herrsche die große Leere. Leere Gesten, leere Rituale, leeres Geschwätz. Die ganze Woche frönten die Leute völlig ungeniert dem dumpfesten Materialismus, und am Sonntag kröchen sie zu Kreuze und wollten Abbitte leisten, zum Kotzen sei das. Manchmal komme es ihm so vor, als sei der Ablaßhandel neu erblüht und weit und breit kein Luther in Sicht. Seine Mutter sei auch immer in die Kirche gegangen, vielleicht habe sie sogar für ihn als ihren verlorenen Sohn gebetet, ganz sicher sogar. Andächtig habe sie wahrscheinlich vor einer Pieta gekniet und ihren Sohn beweint, aber das habe sie dennoch nicht daran gehindert, ihren eigenen Sohn aus dem Haus und geradewegs zum Teufel zu jagen. Ihr eigen Fleisch und Blut, sagte Bergheimer. Aber was wisse er denn schon von seiner Mutter, sie habe zwei Männer geliebt, das wisse er, ob sie an Gott glaube, an was sie überhaupt glaube, wisse er nicht. Vielleicht glaube sie sogar an Gott, an christliche Nächstenliebe und vor allem daran, daß das Weib dem

Manne untertan sein solle, vielleicht werde sie mit diesem Glauben selig, er aber habe bei der ganzen Geschichte den Pferdefuß davongetragen. Seine Landverschickung, damit habe schließlich alles angefangen, eine gottverfluchte Scheiße sei das und niemals zu verzeihen, da könnten die Glocken bimmeln, solange sie wollten.

Die Glocken aber schwiegen, und Bergheimer nahm noch einen Schluck. Hier in der Heilig-Geist-Kirche habe auch die zweite Verheiratung seiner Mutter stattgefunden, hier habe er mit dem Segen des Pfarrers seinen Ersatzvater zugeteilt bekommen. Hier in der Heilig-Geist-Kirche sei es gewesen, wo er, nach dem Willen seiner Mutter, noch mehr aber nach dem Willen seines zukünftigen Ersatzvaters, als Lakai verkleidet und unter dem Geläute der Heilig-Geist-Kirchenglocken dem Paar aus einem kleinen Körbchen Blumen vor die Füße habe streuen müssen. Lauter geköpfte Blumen habe er dem Paar vor die Füße gestreut, Kartäusernelken, Mädchenaugen und Margeriten, und hätte ihm doch am liebsten Knüppel zwischen die Beine geworfen. Damals hätte dieser scheinheilige Ersatzvater schon seinen Vater in die Flucht geschlagen, später habe er dann ihn, Bergheimer, in die Verbannung geschickt. Seine Mutter sei an diesem Tag dem wahren Charakter ihres werdenden Ersatzmannes gegenüber noch völlig blind gewesen, er aber habe seinen Ersatzvater schon damals durchschaut und vorausgesehen, daß sich dieser Bräutigam irgendwann entpuppen würde. Seine Gebete aber habe niemand erhört, die Heiligen hätten sich feige in den Nischen und Winkeln der Heilig-Geist-Kirche verkrochen, während die ganze Hochzeitsgesellschaft in ihrer Ahnungslosigkeit von dem Brautpaar und der albernen Lakaienkostümierung des Kindes entzückt gewesen sei und der Pfaffe sein Eiapopeia angestimmt habe. In seiner Erinnerung komme es ihm sogar so vor, als habe er in dieser Lakaienkostümierung schon gehinkt, hinkend habe er den Brautzug in die Gruftkühle der Heilig-Geist-Kirche geführt, obwohl der Pferdefuß ja in Wirklichkeit erst viel später zutage getreten sei. Die Vorahnung aber habe ihn damals schon aus dem Tritt gebracht. Als sein Ersatzvater mit seinen glänzenden Lackschuhen über die von ihm, Bergheimer, hingestreuten Blumenköpfe geschritten sei und diese dabei zertreten habe, habe er damit sein, also Bergheimers, Schicksal vorweggenommen. Aber von seinen Vätern werde er mir vielleicht ein andermal erzählen, wir seien vom Thema abgekommen, das Thema sei ich.

Ich wußte, daß ich selbst schuld war, dennoch ärgerte ich mich über die Anmaßung, mit der Bergheimer über den Fortgang unseres Gesprächs bestimmte, so als gäbe es eine Vereinbarung, derzufolge er mir von seinen Vätern erzählen müsse und ich über mich. Ich hätte Bergheimers Wiedersehensfreude vor Monaten ignorieren und einfach weitergehen sollen. Bergheimer? Ich kenne keinen Bergheimer, eine Verwechslung, so etwas kommt vor, was soll's. Dafür war es nun zu spät, aber wenn es je eine Vereinbarung zwischen uns gegeben haben sollte, dann doch wohl eine, die es mir erlaubte zu schweigen. Bergheimer zuzuhören war die eine Sache, mit ihm zu reden eine völlig andere. Damals auf der Bank an der Pflaumenallee freilich war auch mir das Reden leichtgefallen, die Pläne vom Leben und das Leben selbst schienen eins, aber zwischen jener Bank und der an der Heilig-Geist-Kirche lag ein halbes Leben. Höchste Zeit also, sich Rechenschaft abzulegen. Aber wo beginnen? Wann war der Tag gewesen, an dem der Zug des Lebens auch über mein Bein gerollt war und ich begonnen hatte, nur noch meine Wunden zu lecken? Der Besenlaub stehe mit beiden Beinen im Leben, hatte Bergheimer gesagt und damit wohl auch mich gemeint. Und, was hast du daraus gemacht, was ist aus deinen Plänen geworden? hätte Bergheimer auch fragen können. Meine körperliche Unversehrtheit machte mich angreifbar und stumm. Ich sann auf Flucht, wollte wenigstens einen Aufschub. Außerdem ging es Bergheimer nichts an, daß mein Vater zeitlebens die Erstbesetzung gewesen war und seine Hauptrolle mit einer Präsenz ausfüllte, die alle in seiner Umgebung zu Statisten werden ließ. Wenn die Rede von Ersatz sein konnte, dann höchstens in dem Sinn, daß er in mir einen Ersatzmann gesehen hatte, der die von ihm nicht erreichten Ziele Realität werden lassen sollte.

Es war kühl geworden, mich fröstelte, doch als ich das Bergheimer sagte und zum Aufbruch drängte, hielt er mir nur grinsend den Himbeergeist hin. Als habe er es geahnt, triumphierte er und fügte, da ich die Flasche zurückwies, hinzu, daß ich mich nicht so haben solle, schließlich handle es sich um eine Art Notfall, eine plötzlich auftretende Verunsicherung, er kenne das, ein Schluck, und alles sei vorüber. Ein Schluck Himbeergeist, um der alten Zeiten willen, schließlich habe mit Himbeerwein alles angefangen, er habe den süßen Geschmack von damals noch auf der Zunge. Eine Weile hielt er den Flachmann direkt vor mein Gesicht, so nahe, daß ich den Schnaps riechen konnte. Es war ein angenehmer Geruch, scharf und aromatisch, warum eigentlich nicht, dachte ich, doch genau in dem Moment, da ich danach greifen wollte, zog Bergheimer die Flasche zurück. Dann eben ein anderes Mal, sagte er, und ich wußte nicht, ob er den Himbeergeist meinte oder mein Schweigen. Er nahm nun selbst einen Schluck, auf einem Bein, sagte er, könne keiner stehen. Wie viel hatte er eigentlich schon getrunken? Sicher mehr als zwei Schlückchen, und sicher hatte er diesen albernen Spruch schon beim vorherigen gesagt, hatte ihn vielleicht bei jedem unserer Treffen irgendwann gesagt. Alles, was Bergheimer mir erzählt hatte, glaubte ich plötzlich irgendwann schon einmal gehört zu haben, irgendwann mußten wir auch schon so dagesessen haben, nebeneinander auf der Bank, auch hier an der Heilig-Geist-Kirche. Wie oft schon hatte er mir etwas hingehalten oder eine Brücke gebaut, die er genau in dem Moment zusammenstürzen ließ, da ich sie betreten wollte. Mein Vater..., hörte ich mich plötzlich sagen, doch auf einmal begannen die Kirchenglocken erneut zu schlagen und verschluckten jedes meiner Worte. Es war ein ohrenbetäubender Lärm, nie, so schien es mir, hatten die Glocken so laut geläutet, sie schluckten nicht nur meine Worte, sie hämmerten auch meine Gedanken aus dem Kopf. Bergheimer ließ, als sie verstummt waren und nur noch in meinem Kopf nachhallten, zunächst nicht erkennen, ob er etwas von meinen Worten gehört hatte, wiederholte nur die Zeit, die der Glockenschlag ihm angegeben hatte: um acht. Er sagte es mit einem etwas höhnischen Unterton, der erkennen ließ, daß er für meinen angekündigten Aufbruch eigentlich keinen Grund sah. Trotzdem begann ich, die unter der Bank stehenden leeren Bierflaschen in meine Tasche zu packen. Ob er mich nicht einmal besuchen könne, wollte Bergheimer plötzlich wissen, bald werde es wirklich kalt, der Winter stehe vor der Tür, und wir könnten uns dann ohnehin nicht mehr wie die letzten Penner auf irgendwelchen Bänken treffen. Ich hätte doch wohl ein Zuhause, kam er jedem Einwand meinerseits zuvor. Das schon, erwiderte ich, aber eine öffentliche Bank, er solle das nicht falsch verstehen, das sei doch eine schöne Tradition, wir sollten daran festhalten, schon um der Erinnerung willen, notfalls könnten wir ja eine Winterpause ... Ich hatte mir vorgenommen, Bergheimer auf Distanz zu halten, ein paar Treffen an neutralem Ort, das ja, aber keine Besuche! Heute in vier Wochen, ob es mir da passe? Was sollte ich machen? Ich hätte einen dringenden Termin vorschieben können, doch Bergheimer hätte sicher mit einer seiner ironischen Bemerkungen über den Klotz, der mir am Bein hänge, reagiert, und mehr als ein Aufschub wäre auch das nicht gewesen. Ich war ein elender Feigling und wußte es. Also gut, heute in vier Wochen, sagte ich und wollte nur noch weg. Fluchtartig verließ ich die Bank, die leeren Flaschen in meiner Tasche schepperten, als ich den Platz vor der Heilig-Geist-Kirche überquerte und der Steinkugel des Brunnens im Vorübergehen einen Schubs gab. Sie begann sich zu drehen, ich konnte nicht anders, als mich auch diesmal wieder darüber zu wundern. Und ich war verärgert, ein Wort von Bergheimer reichte aus, und ich ließ meine Vorsätze fallen, er wickelte mich einfach um den kleinen Finger. War das wirklich Feigheit? Er tat mir leid, damals schon, als Fräulein König, die Lehrerin, ihn in unsere Klasse geführt und über ihn geredet hatte, als nehme sie dabei den Kunststofftorso auseinander, zuerst den rechten Lungenflügel, dann den linken, schließlich das Herz, seht doch, das Herz, schon da hatte mir Bergheimer leid getan. Er hatte regungslos dort vorn gestanden und an sich heruntergeschaut, als sei er dazu verurteilt zuzusehen, wie die Lehrerin ihn vor unseren Augen langsam ausweidete. Sie wisse, daß sie sich auf uns verlassen könne, hatte die Lehrerin gesäuselt, aber genau da mußte irgend etwas passiert sein, an das ich mich nicht mehr erinnern konnte, eine Kleinigkeit, die Bemerkung eines Mitschülers, ein konspirativer Blick von Winter, nur ein vages Grinsen des feisten Teigvetter vielleicht, irgend etwas hatte in diesem Moment über Bergheimers Schicksal in unserer Klasse entschieden. Ich hatte meinen Schulranzen genommen und ihn demonstrativ auf den freien Platz neben mir gestellt. Ich weiß nicht, was passiert wäre, wenn Fräulein König damals nicht geschwiegen, sondern mich zur Rede gestellt hätte. Vielleicht hatte sie Bergheimer schützen oder sich ihre Enttäuschung über mein Verhalten nicht eingestehen wollen, jedenfalls hatte sie ihn, beide Hände auf seinen Schultern, zur einzigen leeren Bank in der ersten Reihe geschoben, hatte den willenlosen Körper umgedreht und auf den Stuhl gedrückt. Dort war er mit gesenktem Kopf sitzen geblieben, im Rücken diese Horde notorisch gutgelaunter Schüler, die nur darauf wartete, über die wehrlose Beute herfallen zu können, die der Zufall ihr vor die Füße geworfen hatte. Sicher hatte Bergheimer in seinem Leben ganz andere Kränkungen erfahren, ich aber war es gewesen, der Bergheimers Schicksal in unserer Klasse entschieden hatte. Damals war ich wirklich feige, dachte ich, damals war die Kugel ins Rollen gekommen, und nichts hatte sie mehr aufhalten können. Mir war, als drehte sich der Stein jetzt wieder in meinem Magen.

6

Obwohl ich ihn noch nicht sehen konnte, erkannte ich Bergheimer diesmal sofort. Das Geräusch seiner Schritte, das aus dem Treppenhaus durch die noch geschlossene Wohnungstür hallte, schien seine Behinderung zu verstärken, denn wenn man Bergheimer gehen sah, war sie oft kaum zu bemerken, jetzt aber hörte ich deutlich diesen seltsamen Rhythmus, diesen wie abgehackt klingenden Takt. Das leise, kaum hörbare Aufsetzen eines Fußes, das einer nur kurzen Pause folgte, während die Pause länger war, wenn ihr ein harter, fast klopfender Ton folgte. Abgehackt, dachte ich, das Wort würde Bergheimer gefallen, mit seinem abgehackten Fuß könne er nur abgehackte Schritte gehen, würde er sagen, und daß man lernen müsse zu hören, um sehen zu können. Ich wartete auf sein Klingeln und war mir einen Moment lang nicht sicher, ob ich ihm wirklich öffnen sollte.

Das Geräusch war verstummt, eine Weile war es still, auch Bergheimer schien sich nicht sicher zu sein. Statt der Klingel war dann ein Klopfen zu hören, kurz und hart. Ich zögerte einige Augenblicke, er sollte nicht das Gefühl haben, erwartet zu werden, dann öffnete ich. Ach du bist es, sagte ich mit gespielter Überraschung. Bergheimer hielt mir eine Flasche Wein entgegen und trat entschlossen an mir vorbei in den Flur. Er keuchte. Die vielen Stufen, das sei er nicht gewöhnt, das strenge ihn an, ich säße ja hier wie in einem Elfenbeinturm, warum es denn keinen Aufzug gebe. Er ließ mir keine Zeit zu einer Antwort, seine Fragen waren meist nur Krücken, an denen seine Monologe ins Laufen kamen. In seinem Haus gebe es einen Aufzug, der Aufzug sei der einzige Vorteil seines Hauses. Sozialwohnungen, sagte er, ein ganzes Hochhaus voll, sogenannte Arbeiterschließfächer, nur daß heute kaum ein Arbeiter mehr Arbeit habe, dafür immerhin diesen praktischen Aufzug. Auch Wolgadeutsche, Vietnamesen, Kinderreiche, Krüppel wie er, ein Hochhaus mit Aufzug und direkter Anbindung zum Aldi, zur Pfennig-Oase, zur Video-World, alles was man brauche, sogar eine Sparkasse, vor der sich an jedem Monatsanfang lange Schlangen bildeten. Am Monatsanfang kröchen sie nämlich aus ihren Löchern, wie die Lemminge machten sie sich an jedem Ersten auf den Weg, um ihre staatlichen Almosen in Empfang zu nehmen. Eine lustige Truppe sei das, sagte er, da mache das Leben Spaß, ich solle mich ruhig trauen, ihn einmal zu besuchen. Ich werde mich hüten, dachte ich und sagte, mal sehen. Eine Sparkasse also, aber keine Bank, leider weit und breit keine Bank, dafür seien die Spielplätze immer offen, und zwar Tag und Nacht, und natürlich von den Jugendlichen entsprechend zugerichtet. Obwohl die Nächte meist sehr still seien, sagte Bergheimer, schon kurz nach zwanzig Uhr gleiche alles eher einem aufgelassenen Steinbruch als einer bewohnten Stadt. Weit habe er es also nicht gebracht, er habe das einsame Klirren der heruntergelassenen Schranke nur gegen jenes Klirren getauscht, mit dem die Stahlseile gegen die Masten der Fahnenstangen des Einkaufszentrums schlügen, denn selbstverständlich seien alle Einkaufszentren heute vorschriftsmäßig beflaggt, die Banner des Aufschwungs flatterten stolz im Wind, es sei wie auf einem Appellplatz, wie auf dem Exerzierplatz einer Kaserne, kein Wunder, daß einer wie er jeden Morgen desertieren müsse.

Und so also wohne ein Ingenieur, stellte Bergheimer fest. Er schien sich diese Worte als Eröffnung zurechtgelegt zu haben, nur die Treppen hatten ihn wohl kurzzeitig aus dem Konzept gebracht, denn er hatte von meiner Wohnung kaum etwas gesehen, was eine solche Feststellung provoziert haben konnte. Ich wußte wirklich nicht, wie ein Ingenieur nach seinen Vorstellungen zu wohnen hatte. Wir standen etwas verlegen im Flur, ich hatte noch immer die Weinflasche in der Hand, es war Bergheimers Weinflasche, was mich nicht gerade beruhigte. Wenn Bergheimer mich Ingenieur nannte, war ohnehin Vorsicht geboten, denn er meinte dann weniger mich und meinen Beruf als vielmehr die Tatsache, daß er kein Ingenieur war. Ingenieur, das gehörte für ihn zu denen da oben, zu den Meistern und Chefs, die gegen ihn intrigiert hatten. Er habe immer von seiner Hände Arbeit gelebt, hatte er einmal zu mir gesagt, solange er noch zwei Beine hatte, habe er von seiner Hände Arbeit gelebt... Ich fragte ihn schnell, was er trinken wolle, heute hätte er schließlich die Wahl. Tee, sagte Bergheimer, wenn er wählen könne, dann Tee, zunächst einmal Tee. Das war mir recht, also führte ich ihn ins Wohnzimmer, während ich in die Küche ging, um das Wasser aufzusetzen. Sollte er sich doch im Zimmer in aller Ruhe umsehen, ich hatte mich ja vorbereitet, hatte in den letzten Tagen einige alte Bilder hervorgekramt und sie an das Bücherregal gepinnt, Fotos, die damals an der Bank an der Pflaumenallee entstanden waren, auch eine längst vergessene Aufnahme des aufgelassenen Steinbruchs mit dem Geräteschuppen war darunter. Sogar das alte DDR-Filmplakat von Stanley Kramers »Und sie sind nur Kinder« hatte ich gefunden, auf dem aber nicht, wie ich zunächst gehofft hatte, der Metro-Goldwyn-Mayer-Löwe sein Maul aufriß; der Film war von Columbia. Seit Jahren hatte ich all das nicht mehr angeschaut, und es war auch jetzt kein Anflug von Nostalgie gewesen, vielmehr hatte ich gehofft, Bergheimer durch diesen Trick ein möglichst unverfängliches Thema zu liefern, die alten Zeiten, hatte ich gedacht, laß uns bei den alten Zeiten bleiben.

Klasse Film, sagte Bergheimer dann auch, als ich mit dem Tee zurück ins Zimmer kam. Es ist unser Film gewesen, bestärkte ich ihn sofort, mindestens fünfmal haben wir ihn uns angesehen, die ganze Clique von der Bank. Hier, sagte ich und zeigte wie zum Beweis auf eines der alten Fotos, wir waren sechs, genau wie im Film. Uns gegenseitig anfeuernd, erzählten wir uns den Film von den sechs Versagern, den Weicheiern und Bettnässern, die von ihren Eltern in ein Boys-Camp geschickt worden waren, wo aus ihnen durch militärischen Drill echte Männer werden sollten. Und wie sie dann, diese Männlichkeit am Ende der Ausbildung beweisend, die Büffel niederschießen sollten, die ihnen martialische Aufseher aus einem Pferch direkt vor die Flinten treiben würden. Und als sie dann am Abend vor dem geplanten großen Schlachten das Gatter öffneten und die ganze Herde befreiten, da waren diese sechs Versager längst unsere Helden geworden. Länger als sonst nach dem Ende eines Films saßen wir auf den Klappsesseln, in deren abgewetzten roten

Samtpolstern der Geruch nach Schweiß und Parfüm aus Jahrzehnten hängengeblieben war, und träumten unseren amerikanischen Traum. Und wie wir dann jedesmal zurückgegangen waren, wie im Taumel über die Pflaumenallee, durch die Felder, vorbei an den Koppeln, in denen die Rinder staunend glotzten, wie wir vor dem Elektrozaun wilde Tänze aufführten, schrieen und gestikulierten, bis sie sich duckten, ihre Körper zur Seite drehten, während die Füße noch einen Moment verharrten, bis auch die sich in Bewegung setzten und sie in panischer Flucht davonstoben wie die befreite Büffelherde im Film. Ja, unsere Heldenträume, seufzte Bergheimer, aber jedesmal habe man erkennen müssen, daß die Büffel nur Milchkühe seien und die Prärie nur eine Weide der LPG, jedesmal habe man dann doch einsehen müssen, daß das Leben kein Film ist, und so habe man sich tags darauf wieder an der Bank getroffen, als sei nichts passiert, auch die Rinder hätten als Rinder auf der Weide gestanden und geglotzt wie immer.

Nie hatte ich mich Bergheimer so nahe gefühlt wie in diesem Augenblick des Erinnerns, nicht einmal damals, als wir im Kino nebeneinandergesessen hatten, fast hätte ich jetzt meinen Arm um seine Schulter gelegt, und ich weiß nicht genau, was mich letztlich davon abhielt und mich statt dessen sagen ließ, daß ich vor ein paar Tagen den Winter gesehen hätte. Das war eine Lüge, na und, man kann mir ja angeblich alles erzählen, warum nicht umgekehrt. Mein Gott, der Junge-Gemeinde-Winter, sagte Bergheimer und schüttelte den Kopf, der sei also auch hier gelandet. Eigentlich, vielleicht wisse ich das gar nicht, sei ja der Junge-Gemeinde-Winter damals auf die Idee mit dem Transparent gekommen, er selbst sei erst zum Kopf der Verschwörung geworden, als der Winter die Idee aus Angst schon längst wieder fallengelassen habe. Der Winter sei im Fallenlassen von Ideen ganz groß gewesen, und mit jeder Idee habe er ganz selbstverständlich immer auch Menschen fallengelassen. Der größte Menschenabschreiber vor dem Herrn, das sei der Winter gewesen, sicher habe der es zu etwas gebracht. Das schien eine Frage zu sein, aber ich konnte sie nicht beantworten, da ich den Winter, wie ich gegenüber Bergheimer nun behauptete, vor ein paar Tagen nur vom Fenster aus gesehen, aber nicht mit ihm gesprochen hätte. Ich hätte aus dem Fenster geschaut und der Winter sei auf der Straße vorbeigegangen, und zwar in Begleitung einer Frau. Jedenfalls hat er eine Frau, sagte ich. Der Winter und eine Frau, daß er nicht lache, diese Frau müsse einem ja leidtun, allein schon diese Winterschen Hände, ich wisse schon, Hände wie ohne Knochen, damit könne man doch keine Frau festhalten, allein die Vorstellung der Winterschen Hände auf dem Leib einer Frau sei lächerlich. Immer wieder habe der Winter behauptet, alles im Griff zu haben, und nie verstanden, daß er, Bergheimer, ebensooft darüber habe lachen müssen. Hände wie ohne Knochen, wiederholte Bergheimer, wie ja der ganze Winter überhaupt ein Mensch ohne Knochen gewesen sei, vor allem ohne Rückgrat. Er habe immer mal wieder an den Winter denken müssen, den Winter, habe er gedacht, werde er nicht mehr wiedersehen, höchstens im Fernsehen als einen in die Politik gewechselten Pfarrer, was kein großer Unterschied sei, da Politiker wie Pfarrer um Gläubige zu werben hätten, die einen bezögen sich dabei auf gesellschaftliche Utopien, die anderen auf religiöse Dogmen, aber wehe, wenn man sie beim Wort nehme und ihre Taten daran messe, dann platze die schillernde Blase und es stinke nach Verwesung. Zudem stehe es außer Frage, daß einer wie der Winter sich immer wieder in das Korsett einer Organisation begeben müsse, er sei ein ewiger Funktionär, was freilich das Risiko einschließe, von dieser stützenden Organisation irgendwann auch wieder fallengelassen zu werden. Vielleicht sei eben dies jetzt eingetreten, und der Winter habe sich nun zur Abwechslung mal an eine Frau gehängt, aber ich hätte ihn sicher nicht hierherbestellt, um mit ihm die ganze Zeit über den Winter zu reden.

Hierherbestellt, hatte Bergheimer gesagt, das war eine Frechheit. Groß, lange schwarze Haare, sagte ich, von hier oben sah sie aus wie die Annette. Das saß. Bergheimer sah mich mißtrauisch an, dann stand er auf und trat ans Fenster, als sei meine Behauptung von dort aus jetzt noch zu überprüfen. Verarschen könne er sich selber, nichts sei zu sehen, überhaupt nichts, nicht ein Stückchen Straße. Man müsse das Fenster öffnen und sich ein wenig hinauslehnen, erklärte ich ihm und wollte es ihm gleich vormachen, er aber winkte nur ab. Da er nun einmal stand, trat er ans Bücherregal, fuhr mit der Hand über die Bücherrücken, nahm wahllos einen Band heraus, ließ die Seiten durch die Finger blättern, hielt plötzlich inne, strich die geöffnete Seite immer wieder mit manischer Sorgfalt glatt, stellte das Buch zurück. Er war nervös, wieder ging dieses Zucken durch seine Brauen, lief aber, da er seinen Hut nicht trug, über der Stirn ins Leere. Die Annette und der Winter, nein, das könne er sich nicht vorstellen, erst vor wenigen Tagen habe er die Annette gesehen, und zwar allein, sie habe ihr langes schwarzes Haar hochgesteckt getragen, sonst sei ihm keine Veränderung aufgefallen.

Eine Weile sei er hinter ihr hergegangen, mit immer gleichem Abstand, er habe sich an ihrem wunderbaren Gang gar nicht sattsehen können, und sein Humpeln sei ihm dabei viel stärker und schmerzlicher bewußt geworden. An der Durchfahrt sei die Annette plötzlich stehengeblieben und habe in der Handtasche nach ihrem Schlüssel gesucht, er aber sei weitergegangen, habe weitergehen müssen, da ihm kein Grund eingefallen sei, plötzlich stehenzubleiben. Einen Moment lang sei er ihr ganz nah gekommen, so nah, daß er den Flaum ihres Nackenhaares habe sehen können und die sanften Hügel, die ihre Haut über den oberen Rückenwirbeln spannten, und doch seien sie sich so fern gewesen, daß er auch diesmal nicht gewagt habe, sie anzusprechen. Immer wenn er an die Annette denke, fühle er sich ihr nah, während er nun in dieser unmittelbaren Nähe eine unendliche Ferne gespürt habe. Nach einigen Schritten sei er aber dann doch stehengeblieben, er habe sich gebückt und den Schnürsenkel gebunden, er habe sich dabei noch einmal umgedreht, aber da sei die Annette schon in der Durchfahrt verschwunden gewesen, und dann habe auch schon der Hund der Frau Manninger angeschlagen. Dieser blöde Hund, habe er denken müssen und den Hund doch beneidet, der ja sicher sofort auf die Annette losgestürzt und freudig um sie herum und an ihr hoch gesprungen sei, wahrscheinlich habe er auch ihre Hand geleckt.

Bergheimer schwieg eine Weile, betrachtete nun eine der Fotografien, die ich an das Bücherregal gepinnt hatte. Der Winter, sagte er verächtlich. Der Winter habe ja immer Angst vor Hunden gehabt, auch vor dem Fleischerhund, der hinter der Fleischerei in einem Zwinger eingesperrt gewesen sei und sogar angekettet. Ihm selbst sei es ein Spaß gewesen, möglichst dicht an den Käfig heranzutreten, worauf der Hund auf ihn zugestürzt sei, bis die gespannte Kette seinen Kopf und den sich aufbäumenden Körper im letzten Moment jäh zurückgerissen habe, der Hund habe die Augen verdreht und die Zähne gefletscht, und das laute Bellen sei nur noch ein klägliches Röcheln gewesen. Immer wieder neu habe der Hund Anlauf genommen, aber immer wieder habe sich das gleiche sinnlose Schauspiel wiederholt, bis irgendwann der Fleischer mit blutverschmierter Schürze aus dem Schlachthaus getreten sei und die Farce mit lauten Drohungen und Flüchen gegen sie und beruhigenden Worten an den Hund beendet habe. Der Winter habe sich dabei im Hintergrund gehalten, nie sei der Winter an den Zwinger getreten, ich müsse mich doch erinnern, man dürfe das Schicksal nicht herausfordern, habe der Winter immer wieder mit seiner weinerlichen Stimme gesagt. Dieser Schwachsinn! Was das denn sei, das Schicksal, wo es denn festgelegt sei und sich ablesen lasse? Im Kaffeesatz vielleicht oder in einer Kristallkugel, in den Karten oder den Sternen? Dieser ganze Hokuspokus nehme immer mehr zu. Als habe die Aufklärung nie stattgefunden, greife der Aberglaube um sich und sei natürlich vor allem ein lohnendes Geschäft. Ob es denn etwa an der Konstellation der Gestirne gelegen habe, daß er damals unter den Zug gekommen sei, oder an Gottes weisem Ratschluß, ob es denn sein, also Bergheimers, unausweichliches Schicksal gewesen sei, als Krüppel durchs Leben zu humpeln? Der Winter sei nie unter die Räder gekommen, der habe seine knochenlosen Hände gefaltet und wie seine Mutter bei Gott um ein günstiges Schicksal gebettelt. Aber hätte er, Bergheimer, damals vielleicht eine Anzeige in die Zeitung setzen lassen sollen: Gott der Allmächtige hat heute in seiner grenzenlosen Güte Bergheimers Bein zu sich genommen. In stillem Gedenken der Hinterbliebene. Mein Gott, sagte Bergheimer, was für eine Einfalt doch unter den Menschen herrsche. Daß die Dinge nun einmal so sind, wie sie sind, sei eine der Floskeln gewesen, die er schon bei seiner Großmutter auf dem Land am häufigsten gehört habe. Seine Mutter habe ihn verlassen, das sei nun mal so, man sei in diesem Land eingesperrt gewesen, das sei nun mal so, er habe sein Bein verloren, das sei nun mal so, er habe seine Arbeit verloren, die Zeiten seien nun mal so. Immer diese Es-sei-nun-mal-so-Leier. Die Vergangenheit sei eh nicht zu ändern, habe sie gesagt, und die Zukunft, die Zukunft komme ja doch, da brauche man sich gar keine Gedanken zu machen, dazwischen aber habe jeder sein Schicksal. Schicksal sei eines der Lieblingswörter seiner Großmutter gewesen, jeder habe sein Päckchen zu tragen, habe sie immer wieder gesagt. Ihr Mann sei aus dem Krieg nicht heimgekehrt, das sei ihr Schicksal gewesen, ihr erstes Schicksal, denn das zweite sei er gewesen, er, Bergheimer, sei das Päckchen gewesen, das seine Großmutter zu tragen gehabt habe. Seine Großmutter habe von ihm gesprochen, wie man von Naturkatastrophen spreche, von Hochwasser, Dürre und Erdbeben, mit ruhiger, gleichmäßiger Stimme habe sie gesprochen, und die Augen in ihrem zerfurchten Gesicht hätten dabei ausgesehen wie die Augen der Kühe im Stall, mit diesem Ausdruck von ungläubigem Staunen und Demut, mit dieser durch nichts zu erschütternden, undurchdringlichen Freundlichkeit. Es sei zum Kotzen gewesen, aber diese Haltung habe seine Großmutter uralt werden lassen. Wahrscheinlich werde auch der Winter uralt werden, aber das sei ihm egal. Er jedenfalls lasse sich seinen Glauben an die Annette nicht kaputtmachen, von mir nicht und von diesem Winter erst recht nicht, die Annette sei nämlich sein Schicksal. Die Annette und der Winter, undenkbar sei das.

Bergheimer hatte nach diesen Worten begonnen, im Zimmer hin und her zu gehen. Er sagte nichts. Die Technik, die ich mir in meinen Gesprächen mit ihm angewöhnt hatte, lief durch sein plötzliches Schweigen ins Leere. Wie oft hatte ich Fragen gestellt, ohne an Bergheimers Antworten interessiert zu sein, hatte konsequent alle Gegenfragen unbeantwortet gelassen, ich hatte ein Gespräch geführt, ohne mitzureden. Nun ergriff mich eine seltsame Beklemmung, weil Bergheimer hinter mir stand, ein paarmal beugte ich mich nach vorn und griff nach der Teeschale, die längst leer war. Zwar glaubte ich noch immer, Bergheimers stummes Hinundhergehen sei einer jener theatralischen Effekte, mit denen er mir seine Lage immer wieder als besonders tragisch und einzigartig vorgeführt hatte, gleichzeitig aber lag in seinen Worten eine Ernsthaftigkeit und Überzeugung, die tatsächlich nach Mitgefühl verlangte. Gleich darauf wieder schien es mir, als suche Bergheimer in der Freiheit eines Narren Zuflucht, einer Freiheit, die sich selbst genügte und meine Gegenwart und Meinung völlig überflüssig machte. Aber immerhin war ich der Gastgeber, ich hatte mich darauf eingelassen und mußte reagieren.

Es war ganz still im Zimmer, irgendwo im Haus übte jemand am Klavier. Unten auf der Straße knallte eine Autotür, gleich darauf wurde der Motor angelassen, erst als das Auto davongefahren war, hörte man wieder das ferne Klavierspiel. Nach einigen Minuten hielt ich das alles nicht mehr aus, das Schweigen, das Umhergehen Bergheimers, das immer wieder neu ansetzende Geklimper, die leeren Teeschalen. Ich fragte, ob wir nun etwas richtiges trinken wollten, doch Bergheimer ließ meine Frage unbeantwortet. Trotzdem holte ich eine Flasche Whiskey und füllte zwei Gläser. Lassen wir den Winter, sagte ich, auf die Annette, Prost! Wir stießen die Gläser aneinander, doch während ich trank, stellte Bergheimer sein volles Glas zurück auf den Tisch und ließ sich wieder in den Sessel fallen. Er habe noch nie eine Frau gehabt, sagte er.

Der Satz schlug mir alle Waffen aus der Hand, das Schutzschild meiner Verteidigung wie das Florett, mit dessen Attacken und Finten ich Bergheimer bisher auf Distanz gehalten hatte. Ich war ebenso hilflos wie wütend, Bergheimer hatte sich diesmal wirklich entblößt und mich dabei gleichzeitig jeden Schutzes beraubt. Was sollte ich tun? Mir fiel eine alte Legende ein, die die Alten des Dorfes manchmal erzählt hatten, diese Sage von der Mittagsfrau, einem Feldgeist, der in der Glut des Sommers über die Äcker streift auf der Suche nach flachsjätenden Mädchen, die die Mittagszeit über auf den Feldern geblieben sind. Wenn die Mittagsfrau eines findet, legt sie ihm die Sichel an den Hals, und das Mädchen muß erzählen, vom Flachs muß es erzählen, ohne Pause, bis zum ersten Glockenschlag muß es erzählen, und wenn es ins Stocken gerät, trifft es der tödliche Schnitt der Sichel. Auch ich hatte plötzlich das Gefühl, reden zu müssen, unentwegt reden zu müssen wie um mein Leben, ich durfte Bergheimer an diesem Abend nicht mehr zu Wort kommen lassen.

Meine Rettung hieß Peter Lüdtke und hatte zu unserer Clique von der Pflaumenallee gehört. Die Flasche ist übrigens von Lüdtke, sagte ich wie beiläufig und schenkte mir nach. Kurz vor Weihnachten läßt Lüdtke immer eine Flasche Whiskey ins Büro schicken, um sich für die Aufträge zu bedanken, die seine Firma im Laufe des Jahres von uns bekommen hat. Lüdtke Bauconsult, sagte ich mit nun schon bedeutungsvollem Ton in der Stimme. Bergheimer aber reagierte nicht, nur ein leichtes, kaum sichtbares Heben seiner Augenbrauen signalisierte mir seine Aufmerksamkeit, sein Glas rührte er nicht an. Der Lüdtke war schon immer ein Chamäleon, sagte ich, zumindest was seine zweifelhafte Karriere betrifft. Denn es war schließlich Lüdtke, der gleich nach dem Abschluß seiner Ausbildung als Fernsehmechaniker in unserem Dorf den Bau einer Gemeinschaftsantennenanlage organisiert hatte. Auf dem höchsten Punkt des Eulenbergs wurde sie errichtet, ein riesiger Gittermast, der wie eine Nadel in der Kammlinie des Bergs und im Fleisch der örtlichen Parteifunktionäre steckte. Das grenzenlose Vertrauen, das Lüdtke entgegenschlug, nachdem die ersten Bilder des Westfernsehens in den Wohnstuben flimmerten, eine technische Meisterleistung, die nach zahllosen gescheiterten Einzelversuchen im sogenannten Tal der Ahnungslosen für unmöglich gehalten worden war, setzte er zwar kurzzeitig aufs Spiel, als er nach der Wende auf dem weitläufigen Gelände einer stillgelegten Weberei einen dubiosen Handel mit westlichen Gebrauchtwagen aufzog, doch Lüdtke galt schon bald wieder als gesellschaftsfähig, weil eine auf den Namen seiner Frau laufende Agentur die Geprellten mit allerlei Versicherungen vor ähnlichen Fällen in Zukunft zu schützen versprach. Lüdtke war es zudem gelungen, sich selbst als Opfer windiger Geschäftsleute aus dem Westen darzustellen, was ihm wiederum half, kurz darauf ein zumindest zeitweise florierendes Versandunternehmen mit ostdeutschen Produkten zu betreiben, die man in den Regalen des von einer westdeutschen Großhandelskette übernommenen ehemaligen Dorfkonsums nun vergeblich suchte. Als sein Name schließlich auf dem Schild vor den Baugruben prangte, die die einstigen Johannisbeer- und Obstbaumplantagen der Mostkelterei in einen Schweizer Käse verwandelt hatten, war er längst unangreifbar geworden und galt als ungekrönter König des Dorfes. Die Anhöhe mit den aus dem Boden schießenden Einfamilienhäusern wurde von allen nur verächtlich der Schuldenhügel genannt, die alteingesessenen Bauern sagten es herablassend, die Mieter des benachbarten, in den sechziger Jahren errichteten, aber noch immer als Neubaublock bezeichneten Hauses voller Neid. Mir fiel auch der alte Nußbaum vom Rand der Plantagen ein, unter den die Arbeiter, die Saftler, wie wir sie genannt hatten, das faulige Fallobst karrten, so daß ein gärender, breiiger Haufen entstand, den die Wespen wie trunken umschwirrten und dessen schwerer Duft auch uns betörte. An all das erinnerte ich Bergheimer, vergaß dabei auch nicht zu erwähnen, daß Peter Lüdtke für einige Zeit das Amt des Bürgermeisters bekleidet und es verstanden hatte, die Proteste gegen die Eingemeindung des Dorfes in ein Treuebekenntnis für den Inhaber des nun überflüssigen Amtes umzumünzen. Ein Schachzug, der für die weiteren Geschäfte von Lüdtke Bauconsult Gold wert war. Ein Chamäleon eben, wiederholte ich, und doch in seinen Handlungen von einer durch nichts zu erschütternden Konstanz. Schließlich hatte Lüdtke schon die Bank an der Pflaumenallee in eine Börse verwandelt, an der Kaugummibilder und Fotokopien von Musikgruppen aus der Bravo den Kurs bestimmt hatten. Doch hatte er nicht nur

Bares eingestrichen, sondern sich auch die Unterstützung bei diversen Klassenarbeiten erkauft, ohne die sich der Start der Lüdtkeschen Unternehmerkarriere wohl um zwei, drei Jahre verzögert hätte. Peter Lüdtke, den wir wegen seiner Körpergröße den Lütten genannt hatten, war ein Großer geworden, zumindest, wenn man seine Auffassung von Größe als Maßstab nahm. Schon damals hatte der Lüdtke da, wo unsereiner das Gewissen hat, einen Seismographen, der jede Veränderung des Zeitgeistes registrierte. Ich sah, wie Bergheimer in seinem Sessel langsam unruhig wurde, aber das war mir egal, ich sah das Foto von damals, sah mich auf der Bank sitzen, Lüdtke stand hinter mir, mit diesem selbstzufriedenen Grinsen im Gesicht, seine Hand lag auf meiner Schulter, noch jetzt glaubte ich plötzlich seinen Griff zu spüren, es war Lüdtkes Hand, die mich niederdrückte. Ich stand auf und lief im Zimmer umher. Vor allem von mir hatte der Lüdtke damals abgeschrieben, sicher hatte er sich nur deshalb neben mich gesetzt, nachdem er jahrelang neben Harald gesessen hatte, ohne mich wäre der Lüdtke ewig ein kleines Licht geblieben, ohne mich wäre der Lüdtke heute kein Bauunternehmer, sondern allenfalls Fluchtenmaurer. Ausdrücklich an mich hat er diesen weihnachtlichen Almosen- und Bestechungswhiskey geschickt, sagte ich, immer mehr von diesem Lüdtkeschen Whiskey in mich hineinschüttend, nicht etwa an Scholze-Hellmich, der als Abteilungsleiter ja die richtige Adresse für solche Geschenke und für Bestechung doch sicher viel empfänglicher ist als ich. Ich hatte mich in Rage geredet und gar nicht mehr an Bergheimer gedacht, der noch immer in seinem, genaugenommen aber in meinem Sessel saß und mich nun mit einem breiten Grinsen ansah.

Ich müsse ihn hassen, stellte er fest und nippte nun doch an seinem Glas. Wahrscheinlich mache der Neid mich blind, dabei habe der Peter nur die Gelegenheiten genutzt, die auch ich gehabt hätte, er, Bergheimer, jedenfalls könne über den Peter nichts Nachteiliges sagen. Peter habe nie vergessen, wo er herkomme, er sei der einzige gewesen, der wie er die Intrige um seinen Arbeitsplatz durchschaut und ihm geglaubt habe, sogar bestärkt habe ihn der Peter und von einer postkommunistischen Intrige gesprochen, man kenne das ja, habe der Peter gesagt, die alten Seilschaften, der rote Genossenfilz. Kein anderer als Peter Lüdtke habe sich danach um ihn gekümmert, ihm eine zumindest kurzfristige Anstellung verschafft, zunächst als Nachtwächter des Gebrauchtwagenmarktes, dann als Packer des Versandhandels, erst als der Peter ins Baugeschäft eingestiegen sei, habe er, und das schweren Herzens, auf ihn verzichten müssen. Der Peter, der Peter, wenn ich das schon höre, rief ich aufgebracht, obwohl das Sprechen mir langsam schwerfiel, dein Peter kann mir gestohlen bleiben mit seinen Almosen und seinem verlogenen Mitleidsgetue. Ob noch etwas von dem wunderbaren Lüdtkeschen Whiskey da sei, fragte Bergheimer ganz ruhig, wenn nämlich nicht, dann werde er jetzt gehen und mich mit meinem Neid alleine lassen. Die Flasche war tatsächlich leer, unmerklich war sie leer geworden, nur die Wirkung spürte ich. Ich sank in den Sessel, während Bergheimer sich aus dem seinen erhob. Eine Weile blieb er stehen, mir schien, als ob er wankte, ein holzbeiniger Pirat auf schwankenden Bohlen. Das Bein sei ihm eingeschlafen, behauptete er, aber ich hatte jetzt keine Lust auf seine albernen Späße. Ich schloß die Augen, sogleich umgab mich ein gelb-braunes Wogen, ein riesiges Whiskeymeer, auf dem ich in Seenot geriet und in dem ich zu versinken drohte. Verzweifelt versuchte ich mich an den Armlehnen des Sessels festzukrallen, ein sinnloser Versuch, als würfe man aus einem sinkenden Schiff den Anker, ich hörte nur noch, wie Bergheimer, schon ganz weit weg, irgendwo auf dem Festland, die Tür zuknallte, dann schlug das Wasser über meinem Kopf zusammen.

7

In den folgenden Wochen meldete sich Bergheimer nicht, den ganzen Winter blieb er verschollen. War ich anfangs erleichtert, ertappte ich mich später immer wieder dabei, wie ich nach ihm Ausschau hielt, wobei mir oft nicht klar war, ob ich ihn sehen wollte oder Angst hatte, ihm zu begegnen. Wenn das Telefon klingelte, nahm ich den Hörer manchmal in Erwartung seiner Stimme ab. Doch nichts, er rief nicht an, auch auf der Straße und an der Straßenbahnhaltestelle suchte ich ihn vergebens zwischen den fremden Gesichtern, die Bänke waren wegen des Wetters meist unbesetzt. Einmal rief jemand an, ohne sich zu melden, ich hatte das Gefühl, daß es Bergheimer war, aber ich schwieg, lauschte nur dem fernen Rauschen und stellte mir vor, wie Bergheimer sich wortreich darüber ausließ, daß er das Telefonieren im Grunde hasse, dabei dennoch ständig weiterredete, von der Geschwätzigkeit, die immer weiter um sich greife, obwohl man sich immer weniger zu sagen habe, und die oft weniger beredt sei als einige Minuten intensiven Schweigens, besonders die Erfindung des Handys und dessen Verbreitung und ständige Vervollkommnung sei nichts anderes als ein großangelegtes Komplott der Industrie, dem fast alle willig auf den Leim gingen. Das Brüllen des Metro-Goldwyn-

Mayer-Löwen, hatte er einmal zu mir gesagt, sei heute nur noch als Klingelton auf einem Handy vorstellbar. Opium fürs Volk, glaubte ich Bergheimer sagen zu hören, bis der schweigende Anrufer endlich auflegte und das Besetztzeichen meine Gedanken unterbrach. Ein anderes Mal fand ich auf dem Spielplatz Spuren im frisch gefallenen Schnee, waren das, fragte ich mich, die Abdrücke eines Hinkefußes? Von der Gittertür liefen sie quer über den Platz, zunächst zum Entchensitz, den jemand angestoßen haben mußte, so daß der lockere Schnee hinabgestäubt war, dann zur Bank, die ich zur Hälfte abgewischt fand, von dort zurück zum Ausgang, wo sie sich wieder im Gewirr der vielen Fußabdrücke verloren.

Natürlich war das alles lächerlich, denn ich hätte Bergheimer ja anrufen können, ich hätte auch jederzeit hinfahren können, ich kannte seine Adresse, er hatte mir das Hochhaus sogar beschrieben. Arbeiterschließfächer, hatte er gesagt, dachte ich, trocken, sicher, warm, allein nach dieser Parole waren diese Wohnungen einst gebaut worden, kein Wunder also, daß er sich den Winter über dort verkrochen hatte. Was soll ich sagen, ich bin hingefahren, habe mir das Hochhaus angesehen. Es stand in einem Wohngebiet am östlichen Stadtrand, wo sich bis Mitte der siebziger Jahre riesige Obstplantagen erstreckt hatten, deren Baumreihen wie mit einem Kamm gezogen über den sanften Hügeln lagen. Sie reichten auch jetzt noch bis an die ersten Häuser, die, jäh aufragend, die Fluchten der sich an langgezogenen Drahtverhauen ausrichtenden Baumreihen übernahmen. Die Balkone, die gekachelten Fassaden, die Wege, alles war auf Linie gebracht worden, es waren unbeirrbare Geraden, die einmal direkt in die Zukunft hatten führen sollen. Ich konnte mich noch gut an die wöchentlichen Zeitungsberichte erinnern, an die immer gleichen Meldungen von übererfüllten Plänen, vorbildlich kämpfenden Brigaden und Aktivisten der sozialistischen Arbeit, schließlich von den ersten Mietern, die etwas verlegen zwischen den mit grauen Anzügen, Bauhelmen und Gummistiefeln bekleideten Genossen standen, einen riesigen Schlüssel in der Hand, Vater, Mutter, Kind, Garanten unserer Zukunft mit dem Schlüssel zum Glück, wie es in der Bildunterschrift schwülstig geheißen hatte. An die Umzugswagen konnte ich mich erinnern, die in den folgenden Monaten mit triumphierendem Hupen über das vernarbte Kopfsteinpflaster durch die engen Gassen unseres Viertels fuhren, unter den Birken hielten, die in den Dachrinnen gewachsen waren, schließlich beladen wieder abfuhren, hohläugige Häuser zurücklassend, aus denen ihnen vereinzelt der scheue Blick einer alten Frau folgte, die bald darauf das Fenster schloß und langsam die Gardine zuzog wie den Vorhang einer Bühne, auf der der Held gestorben war. Die neuen Häuser hatten einmal die Zukunft sein sollen, aber sie hatten vor allem die Vergangenheit gründlich ausradiert, nichts gab mehr Anstoß zu Erinnerungen. Die Leute hatten sich alte Wagenräder an die Wände gehängt, ihre Balkone mit Kunststoffattrappen schmiedeeiserner Gitter verziert und die Tüllgardinen mit Posamenten, sie hatten die Zeit mit antiquierten Pendeluhren gemessen, es hatte nicht geholfen. Und irgendwann war dann auch die Zukunft abhanden gekommen, was blieb, war allein die Monotonie der Gegenwart. Diese neuen Häuser und all die ehrgeizigen Pläne hatten auch meine Zukunft werden sollen, damals im letzten Schuljahr, als ich keine Vorstellung von meiner Zukunft hatte und ohne jeden Ehrgeiz gewesen war. Was sollte ich werden? Irgend etwas, hatte der Berufsberater gesagt, muß jeder werden. Das hatte mich zwar nicht überzeugt, dennoch hatte ich genickt. Offizier? Das nun nicht gerade, soviel war sicher. Lehrer? Zahnarzt? Elektrotechnik? Meinetwegen, aber was? Bauingenieur, hatte mein Vater entschieden und keinen Widerspruch geduldet. Vielleicht Architektur, hatte ich eingewandt. Architektur? Das sei doch Spinnerei, Bauingenieur, das habe Hand und Fuß, das sei eine Goldgrube, hatte er gesagt und dabei wahrscheinlich weniger an Hochhäuser als an all die zu errichtenden Garagen, die zu vergrößernden Fenster und die auszubauenden Dachgeschosse in unserem Dorf gedacht. Noch Jahre später war er von der Richtigkeit seiner Idee überzeugt und verwies auf Lüdtke, der habe die Chance bei den Eiern gepackt, dumm könne man sein, aber man müsse sich zu helfen wissen. Bauingenieur also, warum nicht, mir war es egal gewesen, und mein Vater, der Zimmermann wider Willen, zumindest diesmal am Ziel seiner Wünsche.

Daran mußte ich denken, während ich das Hochhaus betrat und vor der Klingeltafel stand, die mit ihrer strengen Rasterung selbst wie eine Miniaturausgabe des Hauses wirkte und auf der ich Bergheimers Namen suchte. Ich hörte den Fahrstuhl, dieses ferne, geheimnisvolle Surren, Grollen und Fauchen hinter der Zwischentür, die abgeschlossen war und überzogen mit einem Spinnennetz aus gesplittertem Glas, das jede Einsicht verwehrte. Eine Weile stand ich davor und wartete, als könne sich daran etwas ändern, so wie bei den von Morgentau benetzten Spinnweben unter der Bank, wenn sie in der Wärme der aufgehenden Sonne allmählich trocknen und beinahe unsichtbar werden. Doch als die Tür sich wenig später tatsächlich öffnete, wendete ich mich zum Schein den Briefkästen zu, über die mit schwarzer Farbe und in zackigen Buchstaben Fuck you gesprüht worden war. Der Mann, der die Tür mit dem Ellenbogen ein Stück aufgestoßen hatte und sich, Jogginghose, Filzpantoffeln und in beiden Händen eine Plastiktüte mit leeren Flaschen, durch den Spalt wand, musterte mich kurz und warf mir dann einen Blick zu, der nichts anderes bedeutete als die Schmiererei auf den Briefkästen. Ich war direkt vom Büro hierher gefahren, nach Arbeitsschluß, und meine Aktentasche reichte wohl aus, ihn mißtrauisch werden zu lassen. Er schien mich für einen Gerichtsvollzieher oder Versicherungsagenten zu halten und stieß einen Fluch aus, dessen Wortlaut ich nicht verstand, seine Stimme glich dem Klirren der Flaschen. Dann zog er den Fuß, den er zunächst noch einen Moment im Türspalt hatte stehen lassen, zurück, wartete, bis die Tür ins Schloß gefallen war, grinste zufrieden und schlurfte davon. Er ließ mich in dem beschämenden Gefühl zurück, ich sei mit meiner Aktentasche hierher gekommen wie in einen Zoologischen Garten, um seltsame Tiere anzuschauen. Ähnlich hatte ich empfunden, als Scholze-Hellmich das erste Mal in der Firma aufgetaucht war, nur stand ich damals auf der anderen Seite des Zauns.

Schon während der Fahrt mit der Straßenbahn hatte ich mich gefragt, warum ich mir das alles zumutete, ich hatte keine Antwort gefunden. Dabei war ich mir tags zuvor noch so sicher gewesen. Angriff ist die beste Verteidigung, hatte ich gedacht. Ich wollte Bergheimer überrumpeln, wie er mich in meiner Wohnung überrumpelt hatte, ihn auf dem falschen Fuß erwischen. Ich wollte ihm unmißverständlich sagen, daß ich die Schnauze voll hatte von seinen Spielchen, und endlich die Initiative ergreifen. Ich hatte mit Winter gesprochen. Die Telefonnummer zu bekommen, war einfach, seine Eltern wohnten noch immer auf dem Dorf. Winter, so hatte ich erfahren, hatte ein Theologiestudium nach zwei Semestern abgebrochen, dann Politikwissenschaft studiert und arbeitete nun für ein von der evangelischen Kirche getragenes Bildungswerk in Norddeutschland, das sich mit der Erforschung der Diktaturen in Osteuropa beschäftigte. Ich bin's, hatte ich am Telefon gesagt und meinen Namen genannt. Was kann ich für Sie tun, hatte die mir bekannte Stimme geantwortet, dann erst schien mein Name angekommen. Ob ich es sei, hatte Winter gefragt. Ja, ich sei es, hatte ich gesagt, mich aber nicht lange mit Vorreden aufgehalten und ihn nach der Aktion mit dem Transparent gefragt. Es gebe diffuse Querverweise in meiner Stasiakte, hatte ich behauptet und wie nebenbei den Namen Besenlaub erwähnt. Winter kannte keinen Besenlaub, weder als Klarnoch als Deckname, und hatte sich gewundert, wie jemand von dem Transparent überhaupt hatte Wind bekommen können. Er habe das Transparent zwar damals aufgehängt, aber der Pfarrer habe es, um ihn zu schützen, noch in derselben Nacht wieder abgenommen. Er und der Pfarrer, sonst wisse niemand davon. Höchstens noch der Bergheimer, ich solle den Bergheimer fragen, der sei anfangs ja dabeigewesen, habe dann aber diesen schrecklichen Unfall gehabt, er wisse allerdings nicht, wie der Bergheimer zu erreichen sei. Ob ich Kontakt zu ihm hätte, hatte er gefragt. Ja, hatte ich gesagt. Wie es ihm gehe, hatte er wissen wollen. Schlecht, hatte ich geantwortet. Warum, hatte er gefragt. Er hat das alles nicht verwunden und überhaupt, hatte ich gesagt. Armer Kerl, der Bergheimer, hatte er gesagt, diese Schicksale, aber er arbeite nun mal wissenschaftlich, sei mehr an Strukturen interessiert, an den großen Zusammenhängen. Winter hatte mir gleich noch die Titel einiger seiner Forschungsarbeiten zum Thema genannt und die ganze Zeit gesprochen, als verlese er den Text einer offiziellen Verlautbarung. So wichtig sei es nicht, hatte ich gesagt und bald aufgelegt. Nun saß ich auf meinem Platz, starrte aus dem Fenster, ich versuchte an Bergheimer zu denken, doch meine Gedanken schweiften immer wieder ab, nein, nicht einmal das, mein Kopf war einfach leer. Ich saß in der Bahn und fuhr wie in Watte gepackt, das Leben da draußen glitt an mir vorüber, mein Körper erhob sich zur rechten Zeit, verließ die Bahn, bestieg eine andere, überquerte eine Straße. Kehr um, sagte ich mir und ging trotzdem weiter, mechanisch, schlafwandlerisch, denn es hatte ein Ziel gegeben, einen Vorsatz, der, einmal gefaßt und wieder verworfen, noch immer mein Handeln bestimmte. Ich wollte Bergheimer zur Rede stellen.

Längst hatte ich auf dem Klingelschild seinen Namen gefunden und, als wäre dies das Ziel meiner Fahrt gewesen, die Bestätigung einer Sache, an der es keinen Zweifel geben konnte, das Haus wieder verlassen, wie ein verliebter Junge, dem dieses Wissen genügte, seine noch namenlose, unfaßbare Sehnsucht für einen Moment zu befriedigen und gleichzeitig am Glimmen zu halten, eilig, denn hinter der Tür hatte der Fahrstuhl schon wieder zu surren begonnen. Ich hatte plötzlich Angst, Bergheimer zu begegnen, und ahnte, daß diese Geschichte nicht mehr zu klären war. Was vermochten schon die historische Wahrheit und Winters große Zusammenhänge gegen Bergheimers Erinnerung.

Es war Ende März geworden, als ich Bergheimer wiedersah. Zuerst war da seine kanariengelbe Windjacke, ein greller, zerknitterter Farbfleck, der sich vom grauen Betonsockel des Kinos abhob, in der Trübheit des Tages strahlend wie die Werbeplakate der von innen ausgeleuchteten Litfaßsäule an der Kreuzung, unübersehbar und doch ignoriert von den Vorübergehenden, unter denen nur wenige, von den anderen kaum bemerkt, einen flüchtigen Blick auf sie warfen, ohne den Kopf zu drehen oder gar innezuhalten, um sich dann vielleicht doch, viel später und beinahe unbewußt, genau so wie von den Werbestrategen ersonnen, des Gesehenen zu erinnern. Vielleicht würden sie sich so auch Bergheimers erinnern, der, wie ich im Näherkommen erkannte, schräg unter dem Schaukasten mit dem aktuellen Kinoprogramm auf dem Boden saß, den Rücken gegen die Wand gelehnt, die Beine ausgestreckt und leicht gespreizt, dazwischen sein schwarzer Hut, die Öffnung nach oben. Es war eine Haltung mit einer ganz offensichtlichen Bedeutung, und doch nahm ich sie erst verzögert zur Kenntnis, schon trennte uns nur noch die Straße voneinander, zu deren Überquerung ich gerade ansetzte. Erschrocken hielt ich inne, wandte mich ab und blieb dann vor dem Supermarkt stehen, in dessen Schaufensterscheibe ich Bergheimer zwischen den aktuellen Sonderangeboten gespiegelt sah. Er saß da, unentwegt redend, anscheinend mit sich selbst, nur gelegentlich hob er seinen Kopf, um sich direkt an einen Passanten zu wenden, doch nichts ließ erkennen, daß er diesen gezielt ansprach, er redete einfach weiter, veränderte nur die Haltung seines Kopfes, worauf sich der Passant angesprochen fühlte und erst nach einigen Augenblicken der Verwirrung wieder in seinen gewohnten Schritt verfiel, sich vielleicht im Weitergehen noch einmal umwandte oder gar, was selten passierte, stehenblieb und eine Münze in den Hut zwischen Bergheimers Füßen warf. Auch dadurch ließ sich Bergheimer nicht von seiner Rede abbringen, die er wie ein endloses Gebet vor sich hin murmelte, höchstens durch ein wie irre wirkendes Lachen unterbrochen oder durch ein Nicken des Kopfes, das ein Dank sein mochte oder bloß eine Bestätigung seiner eigenen Worte. Die vorüberfahrenden Autos verwischten immer wieder Bergheimers Spiegelbild in der Scheibe, nur die aktuellen Sonderangebote blieben bestehen, dann blitzte es wieder auf, und mir war, als ob sich in einem dieser kurzen Momente unsere Blicke begegneten, worauf ich die Pause nutzte, die eine sich langsam der Haltestelle nähernde und schließlich haltende Straßenbahn mir bot, und meinen Standort wechselte. War es Zufall, daß auch Bergheimer nun aufstand, die Münzen aus dem Hut erst in seine Hand schüttete, dann in die Jackentasche steckte, die Straße überquerte und im Supermarkt verschwand?

Einige Tage später rief Bergheimer im Büro an, was er zuvor noch nie getan hatte. Er müsse mich dringend sprechen, möglichst noch diesen Abend, aber Vorsicht, warnte er, er sei heute nämlich mit dem linken Bein zuerst aufgestanden. Ich stimmte sofort zu, obwohl oder gerade weil Scholze-Hellmich mich für diesen Tag auf ein Bier eingeladen hatte, auf ein Feierabendbier, hatte er, seine Hand auf meine Schulter schlagend, gesagt, und daß er mich endlich besser kennenlernen wolle, der Chef halte, warum auch immer, große Stücke auf mich, außerdem sei man ja nun sozusagen ein Kollektiv, so habe das doch geheißen, damals in der Planwirtschaft. Er hatte gegrinst, und ich begriff, daß ich diesen Scholze-Hellmich haßte, daß ich diese ganze Arbeit haßte, daß ich mich meiner Ohnmacht und meiner Feigheit schämte und in ein anderes Leben vernarrt war, das ich mir, genau wie Bergheimer, vorgaukelte, aber niemals zu verwirklichen vermochte. Es war eine Feigheit, die mich weder zum Heldentum noch zum Verbrechen befähigte, Scholze-Hellmich hatte Glück mit mir. Bier, hatte ich Bergheimer am Telefon gefragt, viel Bier, hatte Bergheimer geantwortet.

Wir trafen uns gleich nach der Arbeit im Goethepark, den die Jugendlichen des Viertels seit kurzem nur noch G-Park nannten, was wohl als Zeichen einer gewissen Art von Zärtlichkeit und Einvernehmen zu verstehen war. Der Park sei der G-Punkt des Viertels, sagte Bergheimer, es sei schon erstaunlich, was aus unseren Klassikern geworden sei. Ich war erleichtert, daß er seine gelbe Windjacke nicht anhatte, er trug eine alte, ausgewaschene Jeansjacke, auf deren Ärmel man am Oberarm noch die Einstichstellen der Naht erkennen konnte, mit der einst der Aufnäher »Schwerter zu Pflugscharen« befestigt war. Das runde Stück Stoff, das sie umgrenzten, hatte die ursprüngliche Farbe der Jacke behalten, während unter der Achsel ein großes, an den Rändern ausgefranstes Loch klaffte, das jedesmal sichtbar wurde, wenn Bergheimer den Arm hob, um zu trinken. Es ist auch erstaunlich, was aus uns geworden ist, sagte ich und dachte an den Auftritt Bergheimers vorm Kino. Ich hatte immer wieder darüber nachgedacht, ob er die Bettelei wirklich aus Not oder nur als eine Art Experiment oder Inszenierung betrieb und ob es überhaupt zu einer Wiederholung des von mir beobachteten Auftritts gekommen war. Oder es war Provokation, deren Wirkung ihm als Material und Bestätigung seiner zuweilen mit missionarischem Eifer vorgetragenen Tiraden über den Zustand der Welt dienen sollte. Auch jetzt schien er sich auf nichts anderes einzustimmen, sein Blick wanderte unruhig hin und her wie der eines Raubvogels. Weder den Grund seines monatelangen Schweigens noch den des heutigen Treffens schien er mir nennen zu wollen, er ging auch nicht auf meine Bemerkung ein, fragte statt dessen zwischen zwei hastigen Zügen aus der Flasche, wo wir denn beim letzten Mal stehengeblieben seien, als gebe es für unser Gespräch einen festgelegten Plan, ein Pensum, und wischte sich danach mit dem Handrücken über den Mund.

Also gut, sagte er, da ich nicht antwortete, nach einer Weile, er habe mit der Annette gesprochen, völlig überraschend habe sich eine Gelegenheit ergeben, man müsse eben nur warten können, immer ergebe sich irgendwann eine günstige Gelegenheit, das ganze Leben bestehe im Grunde nur aus dem Warten auf eine günstige Gelegenheit. Dann aber müsse man zur Stelle sein und die Gelegenheit beim Schopfe packen, er sei zur Stelle gewesen, zur richtigen Zeit am richtigen Ort, darauf komme es an. Vor einer Woche etwa habe die Annette angerufen, wobei er da noch nicht habe ahnen können, daß es sich bei der Anruferin um die Annette handelte, völlig ahnungslos sei er gewesen. Den Namen habe er nicht verstanden, obgleich ihm trotz der routinemäßig schnellen Vorstellung sofort die angenehme Stimme aufgefallen sei, mit der die Anruferin dann vorgeschlagen habe, sich einmal mit ihm zu treffen. Die Stimme sei ihm bekannt vorgekommen, aber an die Annette habe er nicht gedacht, gern, habe er trotzdem geantwortet, jederzeit, wann immer sie wolle. Eine Routinesache, habe die Stimme am Telefon gesagt, ein im Zuge der geplanten Strukturveränderung und der damit verbundenen Kontenumstellung nötig werdender Datenabgleich, ein Informationsgespräch, das man in nächster Zeit mit allen Kunden der Sparkasse führe, aber es habe dennoch geklungen wie die Verabredung zu einem Rendezvous. Er sei also zur verabredeten Zeit hingegangen, habe der Empfangsdame seinen Namen gesagt, und plötzlich habe die Annette vor ihm gestanden, in einem enganliegenden pastellfarbenen Kleid, das Haar zu einem ebenso kompliziert wie zufällig wirkenden Knoten hochgesteckt wie damals auf der Straße. Er habe sich zunächst nichts anmerken lassen und bereitwillig, nachdem er in einen mittels Stellwänden separierten Raum geführt worden sei, Auskunft über sich gegeben, während er gleichzeitig aufmerksam die auf dem Schreibtisch stehenden oder mit Magneten an die Stellwand gehefteten persönlichen Gegenstände betrachtet, ja in sich aufgesogen habe, die auch ich mir nun, Bergheimers Beschreibungen folgend, vorzustellen versuchte. Das großformatige Foto einer Küstenlandschaft mit knorrigen, salzwassergebleichten Ästen im weißen Sand, den Briefbeschwerer in Form einer gläsernen Kugel, in deren Innerem einige Luftblasen wie im Steigen erstarrt eingeschlossen gewesen seien, ein Foto, dessen Vorderseite zunächst nicht zu sehen gewesen sei, erst als die Annette den Raum wegen eines fehlenden Formulars kurz verlassen hätte, habe er sich über den Schreibtisch beugen und es betrachten können, wahrscheinlich das Bild ihrer Eltern, schließlich jene kaum faustgroße, aus einem hellen Stein gefertigte Nachbildung einer Sphinx, von der Bergheimer behauptete, sie habe auf eine geheimnisvolle Art gelächelt. Das alles versuchte ich mir vorzustellen, doch Bergheimer hatte es gesehen, so wie er auch Annettes Gesicht gesehen hatte, wie er, während sie sprach, an ihren Lippen gehangen hatte, über denen sich ganz fein und kaum sichtbar ein kleines, sichelförmiges Muttermal abgezeichnet habe, wie er den Duft ihres Parfüms gerochen hatte, den er betörend nannte. Name, Adresse, Geburtsdatum, sie habe alles verglichen, irgendwann, sagte Bergheimer, habe er es nicht mehr ausgehalten und sich zu erkennen geben müssen. Daß er sie schon oft gesehen habe, rein zufällig natürlich, weil er immer wieder hier zu tun habe, geschäftlich, auch die Frau Manninger und ihren Hund kenne er, und den Besenlaub, was für ein unsympathischer Typ, aber vor allem natürlich den Winter. Winter? Sie kenne keinen Winter, habe die Annette gesagt und dabei leicht genervt erst auf ihn, dann auf ihre Uhr geschaut, aber es sei ihm ja klar gewesen, daß sie sich in der Sparkasse und in diesem nur provisorisch abgegrenzten Raum nicht habe auf ein privates Gespräch einlassen können. Sofort habe auch er vorgegeben, es eilig zu haben, dringende Geschäfte, sie werde das verstehen, und sie habe genickt und ganz merkwürdig gelächelt. Auch als er sich schon verabschiedet und noch einmal umgedreht habe, sei dieses Lächeln nicht verschwunden gewesen. Erst nach Tagen sei ihm dann bewußt geworden, daß die Annette mit Hilfe ihres Computers ja wahrscheinlich genauestens über seine sogenannten Geschäfte informiert sein müsse, mit Hilfe ihres Computers und der darin lückenlos verzeichneten Kontobewegungen wisse sie über seine Bezugsquellen Bescheid. Den Winter kenne sie also nicht, ich müsse mich geirrt haben, sie trage auch keinen Ehering, soweit sei alles in Ordnung, aber sonst sei die Sache unsicherer denn je. Die Annette kenne jetzt die Wahrheit, zumindest was seine Bezugsquellen betreffe, und wahrscheinlich mache sie sich deshalb ein völlig falsches Bild von ihm, und das sei eine Katastrophe, er wisse nicht, was er nun tun solle, darum habe er angerufen und mit mir reden wollen, er brauche meinen Rat.

Vergiß die Annette, hätte ich sagen sollen, aber das wäre eine sinnlose Antwort gewesen, so sinnlos, wie es in diesem Moment auch jede andere Antwort gewesen wäre. Ich hatte keine Antwort und zog meine Aktentasche unter der Bank hervor. Viel Bier, hatte Bergheimer am Telefon gesagt, und er hatte verdammt noch mal recht gehabt. Nach der Sache mit Birgit hatte das immerhin manchmal geholfen. Ein Jahr und zwei Monate war es nun her, daß ich mich von Birgit getrennt hatte oder, wie Birgit sagen würde, sie sich von mir. Ihr war es ja immer wichtig gewesen, das Heft des Handelns in der Hand zu halten. Ich hatte es ihr gern überlassen, aber gerade das hatte sie dann wieder aufgeregt. Nie käme von mir ein Widerspruch, alles perle an mir ab, wahrscheinlich, hatte Birgit gemutmaßt, wolle ich mir keine Feinde machen, aber ich hätte deshalb auch keine Freunde. Birgit hatte recht, ich habe keine Freunde. Die Tage und Nächte waren nicht zu zählen, während derer ich nach der Trennung allein durch die Straßen gezogen war, durch die Bars und Kneipen, anfangs auf der Suche nach Birgit oder nach etwas, was mich an sie erinnerte, einem Blick, einem Duft, einer Geste oder Bewegung, einem Stück Haut, das ich hätte berühren können. Später, in immer kürzer werdenden Abständen, in einer sich immer mehr steigernden Begierde nach etwas, das mich Birgit hätte vergessen lassen können, einem Wort, einer Umarmung, einem Paar sich willig öffnender Schenkel. Ich war umhergeirrt, rastlos und von den ewig gleichen Phantasien gepeinigt, ich war nicht wählerisch und blind für alles, was von einem möglichen Opfer ablenken könnte. Es waren Strafexpeditionen, mit denen ich mich an Birgit rächen wollte, indem ich gegen alle Konventionen, die zwischen uns gegolten hatten, zu Felde zog. Ich wollte Birgit treffen, doch manchmal, wenn ich nach diesen Nächten erwachte, vom Alkohol ausgezehrt und niedergeschlagen, oder im Bett einer Frau, deren Gesicht ich sofort wieder vergessen würde, dann verachtete ich mich für diesen Verrat.

Vergiß die Annette, ich hätte es sagen können, aber es hätte nichts geändert, es wäre, auch wenn Bergheimer das in diesem Augenblick romantischer Verklärung vielleicht nicht zugegeben hätte, nur ein Name gewesen, der keinerlei Bedeutung hatte, es ging nicht um Annette, es ging um die Frauen. Bergheimer saß neben mir auf der Bank, und ich war mir sicher, daß er an nichts anderes dachte. Ich mußte an all die einsamen Jäger denken, denen ich auf meinen Streifzügen begegnet war, an die Stummen und Verzweifelten, die mit von Neid und Trauer zerfressenen Gesichtern nur noch wie aus Gewohnheit an die Wände der Discotheken gelehnt standen oder in den Ecken der Kneipen saßen, fasziniert von einem Spiel, das sie eigentlich längst aufgegeben hatten, an die Zyniker, die ihren Frust hinter schepperndem Gelächter und aufgesetzten Halbwüchsigenposen zu verstecken suchten, um dann manchmal ganz plötzlich, von ihren eigenen Salven getroffen, in sich zusammenzusinken, eine unendliche Leere im Blick.

Bei einem dieser nächtlichen Streifzüge war ich in einer überfüllten Kneipe gestrandet, der letzte freie Stuhl stand an einem Tisch, an dem sich eine Gruppe junger Leute angeregt unterhielt. Sie mochten Anfang oder Mitte zwanzig sein und studierten, soviel war ihrem Gespräch zu entnehmen, an einer Fachhochschule für Verwaltungstechnik. Eine der jungen Frauen gefiel mir, sie war nicht hübsch und von kindlicher Naivität, vielleicht hoffte ich, bei ihr leichtes Spiel zu haben. Ich trank mein Bier und starrte sie an. Sie lächelte zurück. Ihr Nachbar, vielleicht war er ihr Freund, sprach davon, daß sie es bald geschafft haben würden, mittlere Beamtenlaufbahn, sagte er, zwei, drei Jahre noch, Finanzamt, Rentenversicherung, Zollverwaltung, es gebe noch immer so viele Möglichkeiten, obwohl es mit der Verbeamtung heute viel schwieriger geworden sei. Ihre Augen leuchteten, sie hing an seinen Lippen, während er immer wieder von dieser mittleren Beamtenlaufbahn sprach, als sei sie der höchstmögliche Glücksfall, der einen jungen Menschen von Anfang oder Mitte zwanzig ereilen kann. Er sprach in der Mehrzahl und in jenem Dialekt, den ich aus meinem Heimatdorf kannte. Es regte mich auf, wie er über die junge Frau und die mittlere Beamtenlaufbahn sprach, du Arschloch, hätte ich ihn anschreien sollen, stieß aber irgendwann nur mit einer ungeschickt wirkenden Bewegung mein Bierglas um, und das so geschickt, daß sich der Inhalt in seine Richtung über den Tisch ergoß und schließlich auf seine Hose rann. Er sprang auf und fluchte, er hatte augenblicklich jede einer mittleren Beamtenlaufbahn angemessene Beherrschung verloren. Ich stammelte eine Entschuldigung, während die Frau mir wieder für einen Moment zulächelte. Es schien ein dankbares Lächeln zu sein, doch gleich darauf besann sie sich, auch sie schimpfte nun, nahm ein Papiertaschentuch und begann ihrem Freund unbeholfen das Bier von der Hose zu tupfen. Sie tat es mit einer Hingabe, die mir zeigte, daß der Abend für mich gelaufen war. Ich war wütend, zahlte und betrank mich in einer anderen Kneipe.

Und einmal hatte ich auch Lüdtke gesehen, Lüdtke im Kreis seiner Kollegen, was in seinem Fall ja bedeutete, im Kreis seiner Untergebenen. Wie ein Gegenentwurf zu mir und meiner rastlosen Jagd stand er da, lächelnd, mit dem Rücken lässig gegen die Bar gelehnt, ein Whiskeyglas in der Hand, halb umringt von seinen Jüngern, die ihm an den Lippen hingen und ihm zuprosteten. Ohne sich umzudrehen gab er dem Barkeeper ein Zeichen, der daraufhin, den Shaker in der linken Hand schüttelnd, eine Flasche über den Tresen schob. Den Preis, den der Erfolg verlangt und den man nach Birgits Meinung zu zahlen bereit sein mußte, Lüdtke hatte ihn gezahlt. Auch wenn ich mich Birgit gegenüber immer bemüht hatte, diesen Preis viel zu hoch zu nennen, mußte ich nun mit ansehen, daß bei Lüdtke die Rendite stimmte. Eine der Frauen aus seinem Gefolge beugte sich vor und angelte nach der Whiskeyflasche, während sie Lüdtke, der dabei auf ihr Dekolleté schielte, einen flüchtigen Kuß gab. Was waren schon meine Skrupel und Selbstzweifel, die mich jede Karrierechance hatten ausschlagen lassen, und alles, was ich mir sonst noch hatte an Ausreden einfallen lassen, jetzt im Vergleich zu diesem flüchtigen Kuß? Vor Jahren, als an Scholze-Hellmich noch nicht zu denken gewesen war, hätte ich die Leitung unserer Abteilung übernehmen können, aber ich hatte abgelehnt, es mir wohl auch nicht zugetraut. Die Unsicherheit desjenigen, dem Fähigkeiten zuerkannt wurden, die die wirklichen überstiegen, ich hatte sie wohl gespürt, mir aber nicht eingestehen wollen. Gerade bei Birgit hatte ich deshalb auf Zustimmung gehofft und statt dessen etwas von Staatsnähe gefaselt, die so ein Posten mit sich bringen würde und die wir doch immer hatten vermeiden wollen. Doch der Staat, dem wir uns hatten fernhalten wollen, existierte längst nicht mehr, er konnte nicht einmal mehr als Ausrede herhalten, er war nur noch wie ein Phantomschmerz, Birgit hatte das schnell begriffen. Nun stand ich in dieser Bar, wollte Birgit vergessen und sah Lüdtke, der hofhielt und sich in Erfolgen sonnte, die ich Birgit nicht hatte bieten können.

Bergheimer und ich, wir tranken viel Bier an diesem Abend im Goethepark, schweigend tranken wir Flasche um Flasche, doch es war nicht genug, um all das zu vergessen. Wie sollte ich Bergheimer helfen, wenn ich doch zu schwach war, mir selbst zu helfen? Morgen oder in ein paar Tagen, wann immer es ihm paßte, würde ich mit Scholze-Hellmich ein Feierabendbier trinken, würde seinem Geschwätz zuhören und ihm in allem beipflichten oder einfach schweigen, ich würde mich verachten und ihm doch dankbar sein, daß er mich für ein, zwei Stunden der quälenden Einsamkeit entrissen hätte. Ich hatte den neben mir sitzenden Bergheimer fast vergessen, als plötzlich der Hund, der die ganze Zeit über träge zu Füßen der auf einer Bank uns gegenüber sitzenden Frauen gelegen hatte, aufsprang, mit wenigen Sätzen vor Bergheimer stand und laut zu bellen begann. Eine der Frauen war ihm sofort nachgesetzt und redete beschwichtigend auf das Tier ein, das sich jedoch nicht beruhigen ließ und immer weiter bellte, sogar, ohne sich dabei freilich von der Stelle zu rühren und ohne ihn zu erreichen, begann, mit den Vorderpfoten nach Bergheimer zu schlagen. Erst als die Frau sich zu ihm herunterbückte und ihren Arm fest um den Hals des Tiers legte, gelang es ihr, den Hund etwas zu besänftigen, doch selbst als sie ihn wegzuziehen versuchte, wandt er immer wieder den Kopf und knurrte Bergheimer an. Die Frau entschuldigte sich, sie wisse gar nicht, was in ihn gefahren sei, sagte sie, während sie den Hund mit einer Hand am Halsband hielt und ihm mit der anderen die Seiten tätschelte. Die Sache schien schon vorbei, als Bergheimer aufstand, vorsichtig auf die Frauen zuging und plötzlich, als müsse er irgend etwas beweisen, wie ein Kriegsveteran sein Hosenbein hochzog. Da, sagte er und schob das Bein ein wenig vor, mit siebzehn sei er unter den Zug gekommen, da sei nichts mehr zu machen gewesen, ritsch, ratsch, kurzer Prozeß, alles Kunststoff jetzt, dieser Wadenbeißer könne ihm gar nichts, obwohl ja sonst offenbar jeder denke, daß er alles mit ihm machen könne, der Besenlaub habe ihn verpfiffen, der Chef habe ihn entlassen, und dieser feine Freund da, er zeigte dabei auf mich, denke wohl, er könne ihn mit seinem Schweigen ruhigstellen, das aber sei ein Irrtum, das habe schon der Winter versucht und sei damit gescheitert, man werde noch von ihm hören! Die Frauen starrten ihn verdattert an, es begann mir peinlich zu werden, schnell lud ich die leeren Flaschen in die Tasche, packte Bergheimer am Arm und versuchte ihn wegzuführen. Zu meiner Überraschung ließ er das widerstandslos mit sich geschehen, er wirkte keineswegs verzweifelt oder unglücklich, nur verwundert, er war nun ganz ruhig, so als habe sich die Wirkung des Alkohols plötzlich ins Gegenteil verkehrt. Er habe dieser Frau doch nie und nimmer etwas antun wollen, flüsterte er mir zu, nur angeschaut habe er sie, nur ein bißchen geträumt, aber dieser blöde Hund müsse Gedanken lesen können. Wir waren schon an der Straßenbahnhaltestelle, als Bergheimer meinte, die Frau könne man vergessen. Ich war mir nicht sicher, ob er die Frau mit dem Hund oder die Annette damit meinte. Ich hatte an Birgit gedacht, aber das ging Bergheimer nichts an, er sollte, verdammt noch mal, sein dämliches Maul halten.

8

Keine Ahnung, warum Bergheimer ausgerechnet auf dieser Stelle bestanden hatte. Auch die Gedanken, die jemanden bewogen hatten, gerade hier eine solche Bank aufzustellen, erschienen zunächst rätselhaft. Sie stand auf dem Gelände einer stillgelegten Hinterhofwerkstatt, einer Glaserei, die von mehreren ein- und zweigeschossigen Gebäuden gebildet wurde, die ihrerseits an den Brandmauern der sie überragenden und umschließenden Wohnhäuser klebten. Es war ein Konglomerat ineinander verschachtelter Schuppen und Verschläge, aus efeuüberwucherten Seitengelassen, Freitreppen und morschen Leitern, aus Schornsteinen, Remisen und Unterständen, so als habe der ehemalige Besitzer sein ganzes Leben darauf verwendet, hier seinen Traum von einer Hinterhofwartburg aus Ziegeln, Holz und Wellblech Wirklichkeit werden zu lassen. Vielleicht hatte er seine ursprüngliche Arbeit darüber vergessen, hatte ihn ihre Alltäglichkeit und Zweckbezogenheit gelangweilt. Es roch nach Staub und geöltem Holz, nach geteerter Pappe und rostigem Eisen. Die Bank, die vor der eigentlichen Werkstatt stand, mochte ihr erstes Leben im Dritte-Klasse-Abteil eines Reisewagens der Deutschen Reichsbahn verbracht haben, nun hatte sie die Endstation erreicht, sie war hart und unbequem, aber

Bergheimer nannte sie die schönste im ganzen Viertel. Hier also mußten sie gesessen haben, der Chef, einen Bleistift hinters Ohr geklemmt, in einem ausgewaschenen blauen Arbeitsanzug, den er nur ablegte, um zu schlafen oder wenn er einmal im Jahr zur Urlaubszeit den Zug nach Eisenach bestieg, daneben die Arbeiter in ihren leim- und kittverschmierten Schürzen aus Leder oder grobem Tuch, unrasiert, die großen Brotbüchsen aus Blech vor sich auf dem Tisch. Noch lange nach Feierabend mochten sie so gesessen haben, beim Bier nun und den Mauerseglern zusehend, die sich wie im Spiel in den Hinterhof stürzten, auf die Brandmauern zu, vor denen sie im letzten Augenblick eine scharfe Kurve zogen und steil wieder aufstiegen, dem kleinen Viereck Himmel entgegen. Hier brauche man nicht zu reden, sagte Bergheimer, hier sei alles gesagt. Es war sehr still im Hinterhof, vom Lärm der Straße war nichts zu hören, nur ganz in der Ferne jaulte ein Martinshorn. Nach einer Weile, in der wir tatsächlich schweigend gesessen hatten, ohne daß ich dadurch beunruhigt gewesen wäre, kam eine Verkäuferin aus der Durchfahrt, mit klappernden Schritten überquerte sie den Hof, was ihr aufgrund der schmalen, hohen Absätze ihrer Schuhe und des groben Pflasters einige Mühe bereitete, nickte uns dabei beiläufig und dennoch freundlich zu, so als sei sie von unserer Anwesenheit nicht überrascht, und verschwand in einem der Schuppen. Bergheimer, vermutete ich, mußte schon oft allein hier gesessen haben. Das Schuhgeschäft im Vorderhaus habe hier sein Lager, glaubte er mir erklären zu müssen, aber da kam die Frau schon zurück, in jeder Hand einige zu einem Stapel zusammengeschnürte Schuhkartons, so viele, daß sie die Arme beim Gehen anwinkeln und die Stapel nach jeweils wenigen

Metern kurz absetzen mußte. Bergheimer war sofort aufgesprungen und wollte ihr helfen, doch die Frau lehnte ab, lächelnd und freundlich auch jetzt. Bergheimer war nicht gekränkt, er saß schon wieder neben mir auf der Bank, als er davon sprach, was für ein schöner Tag heute sei. Was für ein schöner Tag, sagte er mit einer Stimme, die mir plötzlich gefestigt erschien, sonst nichts. Solch ein Satz aus Bergheimers Mund ließ mich gewöhnlich mißtrauisch werden, doch er hatte die Worte mit einer derart kindlichen Unbekümmertheit ausgesprochen, daß ich jetzt keinerlei Argwohn hegte. Auch ich fühlte mich wohl, selbst die Tatsache, dies in der Umgebung der maroden Schuppen einer stillgelegten Hinterhofwerkstatt behaupten zu können, bot jetzt keinerlei Anlaß für Zweifel. Ich weiß nicht mehr, über was wir sprachen, das Gespräch plätscherte einfach dahin, Bergheimer war von einer Fröhlichkeit, die ich nicht an ihm kannte. Vielleicht hat er von seiner Großmutter erzählt, so wie wir alle irgendwann von unseren Großmüttern erzählen, gerührt und schwärmerisch, von einem Gericht, das nur sie so zu kochen verstanden, von einem Spiel, bei dem sie immer verloren und man sich noch heute fragt, ob das Absicht war oder einfach die Zerstreutheit des Alters. Vielleicht hat er mich auch nach meiner Arbeit gefragt, ohne echtes Interesse, aber mit der Bereitschaft, mir zuzuhören. Es muß ein Gespräch gewesen sein, wie es seit langem verheiratete Paare, die um den Grundkonsens in wichtigen Dingen wissen, am Abend führen, ruhig und leidenschaftslos, aber in einem Gefühl von Geborgenheit, und bei dem sie dann zuweilen völlig unvermittelt ein wohliger Schauer durchfährt, den sie mit tiefer Überzeugung Glück nennen.

Gut möglich, daß wir den ganzen Abend so weitergeredet hätten, wäre mir nicht plötzlich der Gedanke gekommen, diesen Zustand noch steigern zu können, statt mich mit ihm zufriedenzugeben. Es war genaugenommen gar kein Gedanke, gewiß, ich hatte schon oft darüber nachgedacht, warum Bergheimer sich immer wieder mit mir treffen wollte, und war ebensooft zu dem Ergebnis gelangt, daß er meine Hilfe brauchte, aber jetzt, auf der alten Reichsbahnbank, sprach ich nur aus, was mir das Gefühl in diesem Moment diktierte. Ich kann dir vielleicht helfen, sagte ich zu Bergheimer und erzählte ihm von Scholze-Hellmich, der gerade eine Hilfskraft für unser Büro suchte, auch ungelernt, nur stundenweise, aber immerhin, Botengänge, Hausmeisterdienste, alles was eben so anfällt, natürlich nur bei einer entsprechenden Förderung durch das Arbeitsamt, was aber in seinem, also Bergheimers, Fall ja gar kein Problem sein dürfte. Ich kann mich bei Scholze-Hellmich für dich verwenden, sagte ich und empfahl ihm auch noch einen mir bekannten Arzt, einen Psychologen, der sich auskennt mit solchen Fällen. Du darfst das nicht falsch verstehen, du mußt wieder Mut fassen, sagte ich in diesem Birgit-versteht-dich-schon-Tonfall, noch einmal ganz von vorn anfangen, und bemerkte gar nicht, wie Bergheimer neben mir unruhig zu werden begann, wie die Ferse seiner Prothese gegen den Unterbau der Reichsbahnbank klopfte, ganz langsam zuerst, dann immer schneller. Erst als er nach der Fliege schlug, die sich auf dem Tisch vor uns niedergelassen hatte, seine Hand langsam umdrehte und auf den an seiner Handfläche klebenden Kadaver starrte, schwieg ich, aber da war es schon zu spät.

Ich hätte doch gar nichts begriffen, wetterte Bergheimer auf einmal los, er brauche meine Almosen nicht, er könne, wenn ich darauf Wert legen würde, in Zukunft auch sein Bier selber bezahlen. Ich müsse diesem Scholze-Hellmich nicht seinetwegen in den Arsch kriechen, aber wahrscheinlich hätte ich das schon längst gemacht und auch noch meinen Spaß dabei gehabt. Ob mir denn noch nie der Gedanke gekommen sei, daß er auf unsere Arbeit pfeife, daß auch wir gar keine wirklichen Berufe hätten, zumindest keine Berufung, der Scholze-Hellmich nicht und ich auch nicht, daß wir Hochstapler seien und unsere Hände und Gehirne nur mit einer im Grunde unnützen, jederzeit austauschbaren Arbeit beschäftigten und es mit immer neuen Lügen verstünden, uns wichtig und unentbehrlich zu machen, daß aber die Gesellschaft nicht zusammenbreche, ja es nicht einmal bemerke, wenn wir diesen Firlefanz irgendwann beendeten, kein Hahn würde nach uns krähen. Plötzlich griff Bergheimer nach einem neben der Bank liegenden Stein und schleuderte ihn mit voller Wucht gegen eines der ehemaligen Glasereifenster, dessen Scheibe daraufhin zersplitterte. Das Loch sah aus wie ein schwarzer, zerbrochener Stern. Überall zwischen den rostigen Eisenrahmen hingen solche schwarzen Sternensplitter. Das schlimmste sei, daß man nichts tun könne, sagte Bergheimer, alle Revolutionen seien gescheitert, alle Proteste ins Leere gelaufen, kein Anschlag hätte etwas bewirkt, er glaube an nichts mehr. Alte Scheiben einschlagen, dazu reiche es noch, ein bißchen provozieren, wenn man schon nicht mehr siegen könne, zu mehr sei er nicht fähig, weder sein Körper noch sein Kopf seien in der Lage, die Situation zu verändern, trotzdem werde er sich nie und nimmer als Hilfskraft und Handlanger für unseren Selbstbetrug verdingen, er habe sich längst aus dem allgemeinen Wettbewerb verabschiedet. Ich glaube wahrscheinlich noch immer, das liege an seinem Bein, aber es habe mit seinem Kopf zu tun, Zweifel seien der Anfang des Denkens. Wir aber ließen Zweifel nicht zu, wir seien nur kleine, armselige Selbstbetrüger, jeder einzelne lächerlich, gleichzeitig aber mache unsere Masse uns gefährlich, wir drohten die ganze Menschheit in den Abgrund zu ziehen mit unserer Faselei von der Notwendigkeit ständigen Wachstums. Wachstum, Wachstum, er höre immer nur Wachstum, der Turm von Babel sei im Vergleich zu unserem Klotzen nichts als eine mickrige Kleckerburg. Wir könnten uns nicht damit herausreden, nur die Komparsen in diesem Spiel zu sein, wir seien die Rädelsführer dieses Wahnsinns, unser durch nichts zu erschütternder Warenfetischismus werde uns vielleicht noch einige Orgasmen bescheren, aber er produziere auch immer neuen Wohlstandsmüll, und der werde uns irgendwann langsam aber sicher auffressen, er denke nicht daran, sich zum Claqueur des Untergangs machen zu lassen. Wir behaupteten, nur unsere Pflicht zu tun, glaubten für die Glückseligkeit zu arbeiten, aber wir betäubten uns nur mit Konsum, und was wir zimmerten, sei ein gigantischer Sarg. Das alles sei eine Katastrophe, dennoch langweile es ihn, früher habe es ihn aufgeregt, sagte Bergheimer mit vor Aufregung zitternder Stimme, und er habe geglaubt, etwas daran ändern zu müssen, jetzt langweile es ihn nur noch. Das Fernsehen, die Zeitungen, alles langweile ihn, vor allem die Politik, eine Schmierenkomödie, mehr nicht; selbst die Vorstellung, einmal der Kopf einer Verschwörung gewesen zu sein, sei nur noch lächerlich. Vielleicht seien heute sogar die allgemeine Langeweile und

Trägheit die eigentliche Verschwörung, eine Verschwörung, an der fast alle teilhätten, ohne sich dessen bewußt zu sein. Überall würde nur noch geschwafelt, es herrsche eine große Koalition der Geschwätzigkeit. Er sei ein Mensch, der, wolle er sich äußern, erst seinen Kopf gebrauchen müsse, aber wenn er sich eine mögliche Äußerung in seinem Kopf zurechtgedacht habe, sei die betreffende Äußerung immer schon gemacht worden, meist von einem sogenannten Prominenten, einem sogenannten Sachverständigen, oder das Thema sei längst gewechselt worden, ob man sich äußere oder nicht, mache schon längst keinen Unterschied mehr. Und was diesen Psychologen betreffe, das sei ja nun typisch, kaum durchschaue einer unser betrügerisches Spiel und weigere sich daran teilzuhaben, schon werde er von den Gralshütern der Ahnungslosigkeit für krank erklärt und auf die Couch gezwungen, er pfeife auf diese psychologische Scharlatanerie, er werde sich nicht einlullen lassen, von nichts und niemandem und von mir zu allerletzt. Er wundere sich nur, wie ich das alles aushalte, wie ich es geschafft hätte, das alles zu ertragen, mich mit all dem gemein zu machen. Wenn er ich wäre, sagte Bergheimer, wäre er lieber er, er könne nämlich noch in den Spiegel schauen, ohne daß es ihm gleich hochkomme. Bergheimers Bein, das, während er sprach, weiter gegen den Unterbau der Bank getrommelt hatte, stand plötzlich still.

Sich mit dem Nagel des Zeigefingers das Nagelbett des Daumes aufkratzen. Den Fingernagel ganz fest in das wunde Fleisch drücken. Das hilft, manchmal hilft das, zumindest lenkt der Schmerz ab. Ich versuchte den Hautfetzen abzubeißen, saugte das austretende Blut auf. Bergheimer zündete sich eine Zigarette an. Ich hatte ihn noch nie rauchen sehen. Du rauchst? fragte ich erstaunt. Ob ich ihm das etwa auch noch verbieten wolle, blaffte er mich an und blies mir den Rauch ins Gesicht, ob ich auch schon zu diesen Gesundheitsaposteln gehöre, zu diesen freudlosen Fanatikern, die statt Lebensplänen nur noch Kalorientabellen hätten und Gesundheit mit Wohlergehen verwechselten, ich hätte doch auch immer ganz ordentlich getrunken und solle mich nicht so haben. Immer wenn jemand sterbe, der nie geraucht oder getrunken habe, sagten die Leute verwundert, er habe niemals geraucht oder getrunken, und es klinge so, als sei Rauchen und Trinken die einzige bekannte Todesursache, lächerlich sei das. Wenn Rauchen jetzt schon zu einem Vorposten des Anarchismus werde, dann rauche er. Bergheimer war kein geübter Raucher, er hielt die Zigarette angestrengt zwischen den langgestreckten Fingern, wußte, wenn er sie aus dem Mund nahm, den Rauch sofort aus dem nach unten hängenden Mundwinkel blies und dabei die Augen zukniff, nicht wohin mit seiner Hand, er sah einfach lächerlich aus. Wir sollten gehen, sagte ich müde. Bergheimer war einverstanden und fragte, wohin. Er wollte mich nicht verstehen. Es hatte schon begonnen, dunkel zu werden. Als wir uns der Durchfahrt näherten, blitzte die Beleuchtung auf, während der Hof mit seiner Werkstatt gleichzeitig in Finsternis versank. Vielleicht, dachte ich einen Moment, hatte er nie existiert, war nur Teil eines Alptraums, aus dem ich bald erwachen würde, doch neben mir stand Bergheimer, es werde Licht, sagte er und schlug mir mit der Hand auf die Schulter.

Wir traten auf die Straße, unschlüssig noch, doch schon im nächsten Augenblick mitgerissen von einem zäh und gelassen dahinfließenden Strom, der kein Ziel hatte, nur eine Richtung, vorbei an erleuchteten Schaufenstern, an Kneipentüren, aus denen ein Gemisch aus Stimmen und Gelächter schwappte, in Fluß gehalten von Neugier und Sehnsucht und von der Angst zurückzubleiben, ausgespuckt zu werden aus dieser Gemeinschaft, nein, nicht Gleichgesinnter, nur sich gleich gebender Menschen. Bergheimer ging neben mir, er schien seinen Ausbruch schon vergessen zu haben, jedenfalls deutete nichts mehr darauf hin, er wirkte ausgeglichen, schaute sich um, griff mir sogar hin und wieder an den Arm, um mich auf etwas hinzuweisen, bei dessen Bewertung er sich mit mir im Einklang wähnte. Er tat das auch vor einem Laden, über dessen offener Tür ein Schild mit der Aufschrift Spätshop hing. Es war ein winziger, langgestreckter Raum, die vollgestopften Regale reichten bis unter die Decke und suggerierten ein reiches Angebot, was sich aber schnell als Irrtum erwies: Eintopfkonserven und Tütensuppen, Alkohol, Zigaretten, Kondome, sonst nichts. An der Kasse stand ein kleiner Vietnamese mit traurigen Augen, der seine Herkunft mittels einer Dauerwelle im an den Spitzen blondierten Haar zu verleugnen suchte. Ich nahm zwei Flaschen Bier, deren Etiketten er lange betrachtete, worauf er mir, als wolle er mir eine gute Wahl bescheinigen, lächelnd zunickte und den Preis nannte, der sich eher in einem Singsang denn in Zahlen zu bemessen schien. Bergheimer hatte derweil einen Platz vor einem der benachbarten Fenster gefunden, vor dem der Sims durch eine aufgeschraubte Holzplatte zu einer Art Tischchen verbreitert worden war, darunter standen zwei ausgemusterte Barhocker, der Fußweg war mit plattgetretenen Kronkorken gepflastert. Ein auf den Tisch geklebter, von den vielen kreisförmigen Abdrücken der Flaschen fast unleserlich gewordener Zettel belehrte darüber, daß dieser Tisch ausschließlich für Kunden des Spätshops reserviert sei. Na bitte, sagte Bergheimer zufrieden und öffnete die Flaschen. Das Bier kam aus dem Eisschrank, ich drückte die wunde Stelle meines Daumens gegen das glatte, kühle Glas. Eine Weile sahen wir schweigend den Passanten zu, den Paaren, die sich bei den Händen hielten oder eng umschlugen gingen, Verliebte, die Verliebte mimten, den jungen Mädchen, die wie über einen Laufsteg tänzelten und alles daransetzten, ein paar Jahre älter zu erscheinen, während einige andere Frauen noch mehr Kraft, aber wenig Geschick darauf verwendet hatten, das Gegenteil zu bewirken. Die meisten der jungen Mädchen waren hübsch und wußten es, einige wußten es zu gut, um noch hübsch zu wirken. Bergheimer lächelte über die Scherze, die einige Jugendliche mit kindlicher Freude miteinander trieben, deren Inhalt er aber unmöglich verstanden haben konnte, er lächelte einfach. Mir sollte es recht sein. Auch die jungen Männer sahen einander ähnlich, der Haarschnitt, die Kleidung, die Art ihrer Bewegungen, alles schien ein und demselben Vorbild zu folgen, selbst der Griff, mit dem sie die Flaschen ihrer Mixgetränke hielten, den kleinen Finger nach Art älterer Damen der feinen Gesellschaft abgespreizt, wirkte wie aus einem Werbespot abgeschaut. Sicher kamen sie aus dem Umland, eine Woche hatten sie auf diesen Abend gewartet, bis vor zwei Stunden hatten sie vielleicht noch den Rasen gemäht oder Vaters Auto gewaschen, hatten ihre Mütter ihnen Vorhaltungen gemacht, jetzt endlich fühlten sie sich frei, jetzt mußte der Abend gelingen. Ihre Fröhlichkeit hatte etwas Angestrengtes, war eine Spur zu theatralisch, dennoch beneidete ich sie ein wenig. Ich wollte jetzt nicht an die

Lächerlichkeit und Banalität ihres Vorbildes denken, ich wollte mir jetzt nicht ausmalen, was einmal aus ihnen werden würde, ich wollte das alles für einen Augenblick vergessen, ich versuchte zu lächeln, und obwohl ich glaubte, man müsse den Vorsatz in diesem Lächeln erkennen, fühlten sich die jungen Männer dadurch wohl bestätigt. Sie kamen an unser Tischchen, einer schlug mir vor Übermut die Hand auf den Rücken, sie prosteten uns zu. Auf das Leben, rief Bergheimer und streckte ihnen seine Flasche entgegen. Ich hatte inzwischen längst die zweite Runde geholt, der Vietnamese hatte wieder seinen Vers gesungen, diesmal aber war ich seinem Nicken zuvorgekommen. Bier gut, hatte ich gesagt und nicht mit Trinkgeld gegeizt.

Abgesehen von seiner heutigen Schimpfkanonade hatte ich in letzter Zeit manchmal den Eindruck, Bergheimer habe sein Pulver allmählich verschossen. Länger als sonst schwieg er, und dieses Schweigen machte ihn mir sympathisch. Seine nur scheinbar ins Nichts gesprochenen Anklagen hatten mir meine Gelassenheit verdächtig gemacht, nun aber glaubte ich mit ihm reden zu können. Reden wie mit einem Freund, auf gleicher Augenhöhe, frei von der Angst, von ihm bloßgestellt zu werden oder von seiner Offenheit peinlich berührt zu sein. Daß man ohne Verdrängung nicht leben kann, wollte ich ihm sagen, daß man sich dessen nicht schämen muß, aber würde das nicht wie einer jener Sprüche klingen, die unsere Großmütter auf Vorhänge und Wischtücher gestickt hatten, wie die Weisheiten, mit denen man heute Abreißkalender bedruckte, billig und abgestanden, jederzeit verfügbar und längst Teil jenes allgemeinen Geschwätzes, von dem Bergheimer gesprochen hatte. Süße Einfalt, dachte ich und daß die Lage immer aussichtsloser wird, je mehr man darüber nachdenkt, und ich sagte mir, daß Bergheimer mich mit seinem Denken infiziert hatte, abgeladen hatte er es bei mir, und er selbst stand nun da und trank auf das Leben.

Doch ich hatte mich geirrt, denn während ich das dachte, holte Bergheimer unvermittelt zu einem neuen Schlag aus. Zumindest stand das zu befürchten, weil er nun von seinem Vater zu erzählen begann, von seinem Ersatzvater, denn an seinen leiblichen hatte er kaum Erinnerungen. Seine Mutter hatte diesem nach der Trennung per Gerichtsbeschluß jeglichen Kontakt verbieten lassen, er mußte sich an diese Auflage gehalten haben, gesprochen hatte Bergheimer jedenfalls kaum von ihm. Er verdanke seinem Ersatzvater viel, sagte Bergheimer, eigentlich fast alles, denn wenn man bedenke, wieviel Energie die meisten Männer in den Auseinandersetzungen mit ihren Vätern vergeudeten, bis sie mit erlösendem Entsetzen an ihren Gräbern stünden, müsse er seinem Ersatzvater dankbar sei. Dieser Ersatzvater habe ihn aus dem Haus geekelt, damit aber habe er ihn, Bergheimer, von sich, dem Vater, befreit. Nur so habe er sich ungehindert entfalten können. Die einen würden alles daransetzen, ihren Vätern zu folgen oder es ihnen recht zu machen, die anderen würden nichts unversucht lassen, sich von ihren Vätern zu unterscheiden, scheitern würden sie alle. Das liege meist gar nicht an den Vätern, vielleicht liege es einfach in der Natur der Sache. Ich bräuchte ihm gar nichts von meinem Vater zu erzählen, auch das würde ihn nur langweilen, er könne diese dauernden Vaterabrechnungsgeschichten nicht mehr hören, alle erzählten irgendwann ihre Vaterabrechnungsgeschichte und merkten gar nicht, wie lächerlich sie sich dabei machten. Wer keine Vaterabrechnungsgeschichte kenne, müsse sich eine erfinden, denn alle seien erpicht auf solche Geschichten, eine regelrechte Vaterabrechnungsgeschichtenindustrie sei entstanden.

Bergheimer sah müde aus, die ganze Unbekümmertheit war aus seinem Gesicht gewichen, aber es schien mir eine kalkulierte Müdigkeit zu sein, ein gekonnt zur Schau gestelltes Selbstmitleid. Man müßte ihm kräftig in den Arsch treten, dachte ich, oder am besten gegen sein gottverfluchtes künstliches Schienbein. Statt dessen schlug Bergheimer zu. Allmählich, sagte er, begännen unsere Treffen ihn zu langweilen, es ermüde ihn, stundenlang mit mir auf irgendwelchen Bänken zu sitzen. Anfangs habe er geglaubt, es helfe ihm, endlich Entschlüsse zu fassen. So! denke er manchmal und wisse im nächsten Augenblick nicht weiter, mit der ganzen ihm zur Verfügung stehenden Entschlossenheit sage er manchmal, so, nun müsse etwas getan werden, und wisse dann nicht, was er tun solle. Ich stünde mit beiden Beinen im Leben und wüßte vielleicht Rat, habe er geglaubt, aber das sei wohl ein Irrtum gewesen, nicht einmal von seinen Problemen hätte ich ihn ablenken können. Er hätte es wissen müssen, ich sei ein netter Kerl, aber Nettsein reiche eben nicht. Aber ich solle mir seinetwegen keine Gedanken machen und ohnehin habe er das alles satt, manchmal wolle er nur noch zurück, zurück aufs Land, zurück ins Haus seiner Großmutter. Die Stadt nämlich habe sich als Falle erwiesen, man wolle sich vom Dorf befreien, gehe in die Stadt und schwupp, schon schnappe die Falle zu. Das Haus seiner Großmutter habe am Waldrand gestanden, an den drei Seiten zu den Nachbarn und zum Dorf hin sei das Grundstück von einer hohen Ligusterhecke begrenzt gewesen, nur zum Wald hin habe es sich geöffnet. Das Haus seiner Großmutter habe eher zum Wald gehört als zum Dorf, er habe dort eine schöne Zeit gehabt. Aber wem sage er das, ich würde das alles ja kennen, das Haus seiner Großmutter und sein Baumhaus in der Krone der Buche, gleich am Waldrand hinter dem Gartenzaun. Genaugenommen habe er damals sogar drei Häuser gehabt, denn da sei ja noch der Schuppen vom Steinbruch gewesen. Der Schuppen vom Steinbruch sei das Trauerhaus gewesen, das Baumhaus in der Buche das Freudenhaus, er habe damals ein Doppelleben geführt, ein Schuppenleben und ein Baumhausleben. Nach seinem Unfall habe er das Baumhaus lange nicht mehr betreten, habe die Strickleiter zu seinem Freudenhaus nicht mehr erklimmen können, denn die sogenannte Strickleiter sei ja nur eine Wäscheleine mit einigen Knoten gewesen. Das alles gebe es nicht mehr, schon vor Jahren sei das Haus von den Kindern geplündert worden, die Kaugummibildersammlung, die Vogelfedern, alles weg, der kleine Globus, auf dem von ihm mit rotem Filzstift die Route einer zukünftigen Weltreise aufgezeichnet gewesen sei, herabgefallen und zerplatzt wie eine überreife Frucht. Dann hätten Wind und Wetter das Holz marode gemacht, die Buche sei weitergewachsen und habe das Haus irgendwann einfach abgeschüttelt. Erst hätten die Seitenwände sich gelöst, dann sei das Dach krachend zusammengestürzt, schließlich sei das Haus nur noch eine morsche Plattform gewesen. Nur in seinem Kopf sei es noch da, dort habe es einen festen Platz, und oft, wenn er abends ins Bett gehe, klettere er in Gedanken die Strickleiter hoch, öffne die Falltür, ziehe die Strickleiter ein, danach mache er die Falltür wieder zu.

Und wenn er die Augen schließe, liege er wieder in seinem Baumhaus, die Welt sei weit weg, alle Verstrickungen gekappt, er würde sich nur mit Nichtstun beschäftigen, sich ganz auf die Leere konzentrieren und habe nur Angst vor dem Erwachen. In seinem Kopf kehre er oft in das Dorf zurück, aber er könne natürlich nicht zurückkehren, denn man dürfe in einem Dorf zwar scheitern, aber man dürfe keinesfalls als Gescheiterter in das Dorf zurückkehren, das man in seinem jugendlichen Hochmut verlassen hatte. Vielleicht werde er trotzdem irgendwann zurückgehen und das Baumhaus wieder aufbauen, in derselben Buche werde er es aufbauen und in diesem Baumhaus das Leben eines Einsiedlers führen. Es werde ein Leben sein, das sich auf das Allernötigste beschränke, man ahne ja gar nicht, wie wenig ein Mensch zum Leben brauche. Einfach nicht mehr mitmachen, sagte er. Die Zivilisation habe den Menschen doch vor allem Neurosen beschert und immer neue Abhängigkeiten, kaum habe man eine Arbeit, sei man von dieser Arbeit abhängig, kaum habe man Geld, sei man von diesem Geld abhängig, Haus, Familie, Computer und immer so weiter. Selbst wenn sein Roman erschienen wäre und Erfolg gehabt hätte, wäre es nicht anders, er müßte dann immer neue Romane schreiben, am Ende gar noch eine dieser billigen Vaterabrechnungsgeschichten. Er habe seine Prothese, und auch von dieser Prothese sei er letztlich abhängig, aber was sei seine Prothese schon gegen die raffinierte Krücke, mit der die Menschheit die große Leere vergessen machen wolle, es sei ein nicht zu durchbrechender Teufelskreis. Bergheimer griff nach dem Aschenbecher, den der Vietnamese mit einem Lächeln auf den Tisch gestellt hatte, aber statt die Glasschale, wie ich zunächst befürchtete, gegen die Hauswand zu schleudern, ließ er sie in der Tasche seiner Jacke verschwinden. Schade, sagte er leise, daß er die Annette nicht von dieser Krücke habe befreien und für ein Leben in seinem Baumhaus habe gewinnen können.

Ich mußte an Andersens Märchen vom standhaften Zinnsoldaten denken. An die kleine Tänzerin aus Papier dachte ich, die ein Bein so hoch hob, daß der einbeinige Zinnsoldat es nicht sehen konnte und glaubte, auch sie habe nur ein Bein. Bergheimer hatte die Annette gesehen, er hatte sie so gesehen, wie er sie sehen wollte, und geglaubt, sie werde ihn verstehen. Der Zinnsoldat hatte im Rinnstein gelegen, er war vor einer Ratte geflohen und gerettet worden, dann stand er in der Hitze des Ofens, in die die Kinder ihn geworfen hatten und von der er nicht wußte, ob sie vom Feuer oder von der Liebe herrührte, bis ein Luftzug auch die papierene Tänzerin in die Flammen wehte, wo sie aufloderte und sofort verschwand. Der Zinnsoldat aber schmolz, und am nächsten Morgen fanden die Kinder in der kalten Asche ein kleines Herz aus Zinn. Mein Vater hatte mir das Märchen vorgelesen, er hatte mir oft Märchen vorgelesen. Als Kind hatte ich geglaubt, er tue das meinetwegen, aber er hatte es für sich getan. Er liebte Märchen, sie hatten für ihn nichts mit dem Leben zu tun, er war genauso feige wie ich. Es war der gleiche Vater, der dem Kind Hans im Glück vorgelesen hatte und dem Jugendlichen empfahl, Bauwesen zu studieren, weil Bauwesen eine Goldgrube sei. Bergheimers Baumhausmärchen, dachte ich, das hätte auch meinem Vater gefallen. Vielleicht wäre das ein Ort gewesen, an dem er die unerklärbare Angst, die sein Leben prägte, hätte vergessen oder sich wenigstens beruhigen können, diese ihn verzehrende Angst, die er hinter einer Schale aus

Gereiztheit, Sarkasmus und Unnahbarkeit zu verbergen suchte und über die ich nie mit ihm gesprochen habe.

Er könne natürlich, sagte Bergheimer, auch auf eine einsame Insel gehen oder ins Kloster und allem entsagen. Mit der Kirche aber habe er nichts am Hut, deren Dogmen seien für ihn das Ende des Glaubens, es müsse also schon ein weltliches Kloster sein, vielleicht werde solch ein Orden irgendwann gegründet, obwohl er natürlich wisse, daß die Gründung eines Ordens gleichbedeutend sei mit dem Tod der Idee, auf deren Basis so ein Orden gegründet worden sei. Man brauche sich doch nur umzusehen, all die Vereine und Parteien und Organisationen seien die Totengräber der Ideen, die einst zu ihrer Gründung geführt hätten, an den Richtlinien würden die Ideale hingerichtet, egal ob Gewerkschafter, Kaninchenzüchter oder glückliche Arbeitslose, die Statuten seien immer schon die ersten Seiten auf einem Sterbeprotokoll. Man könne es drehen und wenden wie man wolle, am Ende bleibe nur das Baumhaus. Vielleicht werde er anstelle der Strickleiter aber auch nur einen Strick über einen der ausladenden Äste werfen und sich an ihm aufhängen. Das sei schließlich die radikalste Konsequenz seiner Ideen, nachdem er es ja sogar schon als Bettler versucht habe. Auch dieser Versuch sei gescheitert, ein paar Tage habe er sich zwar tatsächlich frei gefühlt, aber dann sei es nur noch deprimierend gewesen. Er habe sich von allem lossagen wollen, doch dann habe er es nicht ertragen können, daß keiner ihn beachtet habe. Die Leute seien an ihm und seinem Hut vorbeigegangen, er und sein Hut hätten für sie überhaupt nicht existiert. Das sei es doch gewesen, was er wollte, habe er sich gesagt, und doch habe es ihn aufgeregt. Er habe sie angesprochen, aber keiner habe ihm zugehört, sie seien einfach weitergegangen, er habe ihnen einen schönen Tag gewünscht, aber sie hätten sich von ihm keinen schönen Tag wünschen lassen wollen, er habe sie beschimpft, aber seine Beschimpfungen hätten sie nur in ihrer Arroganz bestärkt. Bald habe er gemerkt, daß er von ihnen nicht loskomme, und habe beschlossen, ihr schlechtes Gewissen zu sein. Manche hätten versucht, sich mit ein paar Münzen freizukaufen, den meisten aber sei er wohl völlig gleichgültig gewesen. Er habe ihnen ein Stachel im Fleisch sein wollen, aber die meisten hätten sich nur gekratzt und seien weitergegangen. Ich zuckte zusammen, Stachel im Fleisch, der Gedanke war mir auch schon gekommen. Keine Frage, Bergheimer hatte etwas Dämonisches, ich fühlte mich ihm wieder ausgeliefert. Seit er aufgetaucht war, hatte er mir die Ruhe genommen, und ich Idiot wartete darauf, daß er mir etwas zurückgeben würde. Unser Verhältnis glich dem zwischen einem Schuldner und seinem Gläubiger, je mehr er mir schuldete, desto stärker band er mich an sich. Dann dachte ich wieder an Bergheimers ersten Tag in unserer Klasse, und alles schien mir umgekehrt, ich stand in seiner Schuld. Und schließlich war da noch Bergheimers Bein, das ich nicht aus dem Kopf bekam, das zwischen uns stand und über das ich jedesmal stolperte.

Es war wieder spät geworden, ich mußte am nächsten Morgen früh raus. Eine Verhandlung mit Lüdtke Bauconsult, die eine unserer Entwicklungen in der Praxis testen sollten. Es ging um eine neuartige Wärmedämmung aus Abfallstoffen, es war maßgeblich meine Entwicklung, deshalb durfte ich Scholze-Hellmich bei den Verhandlungen sekundieren. Lüdtke würde nicht dabeisein, der hatte davon keine Ahnung, aber er hatte ja seine Leute und vor allem die nötigen Kontakte. Lüdtkes Firma sollte das Referenzobjekt bauen, es ging für alle um viel Geld und um neue Aufträge. Ich hätte also zufrieden sein können. Lüdtke jedenfalls war es und würde mir dafür am Jahresende sicher wieder seinen Whiskey schicken. Trotzdem war mir alles zuviel, ich fühlte mich der Sache nicht mehr gewachsen, Scholze-Hellmich war einfach besser als ich, nie würde ich an ihn heranreichen, und, was noch viel schlimmer war, nie würde ich an meine Ansprüche heranreichen, alles schien vergeblich. Der Fingernagel tastete wieder nach der wunden Stelle, der Schmerz war auf seltsame Weise angenehm. Ich sah Bergheimer langsam von seinem Barhocker rutschen, ich sah ihn auf meine Seite des Tischchens kommen und spürte, wie er mir seinen Arm um die Schulter legte. Im Grunde, sagte er mit einem zufriedenen Grinsen, sei ich doch einer der ihren. Das Gemisch aus Stimmen und Gelächter, das zuvor nur aus den Kneipentüren geschwappt war, schien nun die ganze Straße überflutet zu haben. Um mich brauste, zischte und wirbelte es, das war keine Sprache mehr, nicht einmal einzelne Worte waren noch zu vernehmen, die Menschen hatten ihre Stimmen verloren, es rauschte und brodelte nur noch. Wie betäubt stand ich auf und ließ mich von jenem Strom davontragen, der nun, kurz vor Mitternacht, sogar noch stärker zu werden schien.

9

Wir seien doch damals sechs gewesen, die sich auf der Bank an der Pflaumenallee getroffen hätten, außer uns beiden noch der Lüdtke, der Teigvetter und der Winter, das seien fünf. Was denn aus dem Harald geworden sei, fragte mich Bergheimer. Ich wußte es nicht. Beim ersten Klassentreffen war Harald dabeigewesen, ich erinnerte mich an den langen, schlaksigen Kerl, dessen Bewegungen noch immer so ungelenk gewirkt hatten, als sei der Körper von seinem schnellen Wachstum überrascht, auch sein Gesicht hatte noch immer dem des Fünfzehnjährigen geglichen, aber das war auch schon wieder lange her. Er war Kettenraucher, mit einer solchen Konzentration und Hingabe, daß ich es kaum gewagt hatte, ihn anzusprechen. Was wir redeten, wußte ich nicht mehr genau, nur daß er von der Mongolei gesprochen hatte, von einer Erdgastrasse, an der er als Kranführer mitbaue, und daß er nur zufällig im Lande sei, ich glaubte mich aber an den immer etwas herablassenden Ton zu erinnern, in dem er schon während der Schulzeit mit uns gesprochen hatte. An seiner Körpergröße konnte es nicht gelegen haben, schon eher an seinem Alter, denn Harald, damals noch ein kleiner, schmächtiger Kerl, war nur in unsere Klasse gekommen, weil er gleich das erste Schuljahr hatte wiederholen müssen. Er war also älter als wir, und sein Selbstbewußtsein schien vor allem auf dem Wissen gegründet, daß wir diesen Vorsprung nie würden aufholen können. Erst später war sein Körper dieser Erkenntnis gefolgt und in die Höhe geschossen. Auf dem Klassentreffen hatte sicher irgendwann jemand begonnen, die Fotos seiner Kinder herumzureichen, es scheint ohnehin der eigentliche Anlaß solcher Treffen zu sein, die Fotos seiner Kinder herumzeigen zu können, wie Trophäen aus der erfolgreichen Schlacht gegen die Vergänglichkeit. Ich hatte also schlechte Karten, Harald aber hatte Humor und grinsend das Foto eines Kamels aus seiner Brieftasche gezogen. Harald auf einem Kamel reitend, das Hemd offen, im Mundwinkel die unvermeidliche Zigarette, im Hintergrund eine mongolische Jurte und die Weite der Steppe, aber vielleicht bildete ich mir das jetzt nur ein, und ich hatte das Foto bei einer anderen Gelegenheit gesehen.

Bergheimer hatte für unser Treffen wieder die alte Glaserei vorgeschlagen, und das, obwohl ihn diese Treffen angeblich langweilten, aber was heißt vorgeschlagen, er hatte es angeordnet, morgen abend, alte Glaserei, hatte er am Telefon gesagt, aber zum ersten Mal hatte ich ihm widersprochen. Ich hatte lange überlegt, wohin wir gehen könnten, als läge darin irgendeine Bedeutung. Schließlich war mir der Georgenplatz eingefallen, dort gab es eine alte, schon etwas morsche Bank, mit Birgit hatte ich manchmal da gesessen, weil es sich, wie wir geglaubt hatten, an einem Ort außerhalb der Wohnung besser reden ließe, auf neutralem Terrain sozusagen, was aber beim damaligen Stand unserer Beziehung im Klartext nur bedeutete, daß es sich besser streiten ließ. Man könne dort objektiver sein, hatte Birgit behauptet, die Öffentlichkeit zwinge einen, sich zu beherrschen. Birgit aber hatte sich nicht beherrscht, sie hatte die Bank am Georgenplatz zum Ort einer Verhandlung gemacht, bei der die Schuldfrage am drohenden Scheitern unserer Beziehung geklärt werden sollte. Wir hatten auf dieser Bank gesessen, und ich hatte gewollt, daß nun endlich etwas geschieht oder gesagt wird, etwas Klärendes, hatte aber zugleich gefürchtet, daß etwas Falsches geschehen oder gesagt werden könnte, und dann doch lieber nichts gesagt, woraufhin Birgit mir erregt Gleichgültigkeit gegenüber unserer Beziehung vorgeworfen hatte. Für sie schien die Schuldfrage ohnehin längst geklärt, ich sei leidenschaftslos und vollkommen bindungsunfähig, hatte sie behauptet, ich würde in einem Schneckenhaus hocken, sie aber brauche Platz. Wenn Birgit vom Platz sprach, den sie zum Leben brauche, war das wie das Zeigen der Folterwerkzeuge, sie wußte um meine Eifersucht. Was sie nicht wußte, war, daß ihre Instrumente für mich längst ihren Schrecken verloren hatten, sie hatte zu oft mit ihnen gedroht, als daß ich sie noch ernst nehmen konnte. Später sollte ich von ihrem Weggehen überrascht sein, damals aber hatten wir wie zwei Pokerspieler auf der Bank gesessen, wir waren uns sicher, daß der andere bluffte, aber keiner wollte seine Karten offenlegen. Birgit war die erste gewesen, die die Fassung verlor, sie hatte sich immer mehr gesteigert, schließlich, nachdem einige Passanten sich schon nach uns umgedreht hatten, sogar geschrien, daß ruhig alle hören könnten, was für ein verstockter Egozentriker ich sei. Es war ein öffentliches Tribunal geworden, und Birgit, die sich im Recht fühlte, schien das zu genießen. Es mußte ein Anflug von Masochismus gewesen sein, der mich den Georgenplatz hatte vorgeschlagen lassen, erst jetzt fiel mir auf, daß Bergheimer und ich mit den Orten unserer Treffen allmählich das ganze Viertel umrundet hatten, bald würde der Kreis sich schließen, vielleicht lag darin ja ein tieferer Sinn.

Der Georgenplatz existierte eigentlich gar nicht, er war nur eine Bombenlücke an der Georgenstraße, die nach dem Krieg nicht wieder bebaut worden war, aber alle nannten diese brachliegende Fläche Georgenplatz. Auch das Schild, auf dem das Grundstück zum Verkauf angeboten wurde, hing seit über zehn Jahren unbeachtet an einer eigens zu diesem Zweck geweißten Giebelwand, an der bis dahin noch die Konturen der einstigen Wohnungen zu erkennen gewesen waren, Mauervorsprünge, Fetzen von Tapete, ein dunkelgrüner Ölsockel im dritten Stock. Jetzt wurde die freie Fläche als Parkplatz genutzt, nur einigen Bäumen und Sträuchern, vor allem einem Stapel irgendwann hier gelagerter und inzwischen offenbar vergessener Granitplatten war es zu verdanken, daß um die Bank ein winziges Areal freigeblieben war, eine Pißecke, wie Bergheimer es nannte. Dort lagen die Trümmer des Mantels eines aus Waschbeton gefertigten Papierkorbs, dessen Kunststoffeinsatz seit langem fehlte. In den Büschen hingen, wie von einem Hochwasser zurückgelassen, die Fetzen leerer Einkaufstüten, darunter häuften sich zerdrückte Bierbüchsen und Glasscherben, dazwischen zankte aufgeregt eine Schar Spatzen.

Seine Großmutter bekomme von Harald regelmäßig Ansichtskarten, sagte Bergheimer, aus der ganzen Welt schreibe Harald seiner Großmutter Ansichtskarten. Adressiert seien sie zwar an ihn, Bergheimer, aber da Harald seine aktuelle Adresse nicht kenne, bekomme seine Großmutter die Karten. Anfangs habe sie ihm diese Ansichtskarten nachgeschickt, inzwischen habe er ihr das untersagt, er wolle nicht mit diesen Ansichtskarten aus der ganzen Welt belästigt werden. Es sei doch merkwürdig, daß ausgerechnet er noch heute Karten von Harald bekomme, sonst bekomme wahrscheinlich keiner solche Karten, dabei sammle er weder Ansichtskarten noch Briefmarken. Die Texte seien meist völlig belanglos, er wisse schließlich selbst, daß es in Venedig schön sei oder auf Cuba, daß es in Shanghai viele Menschen gebe und in Machu Picchu eine Menge Ruinen. Manchmal stehe auf der Rückseite dieser Ansichtskarten überhaupt kein Text, nur der Name einer Stadt, das Datum und darunter Gruß Harald. Man könne mit Hilfe dieser Karten Haralds Wege rekonstruieren, sagte Bergheimer, man könne sich eine Weltkarte an die Wand hängen und alle Orte, an denen Harald gewesen war, mit einer Stecknadel markieren, aber wen interessiere das schon, ihn jedenfalls nicht, sein Globus sei schon lange zerschellt. Er wisse auch nicht, in welcher Mission Harald unterwegs sei, ob er jemandem auf der Fährte sei oder auf der Flucht, er wolle es nicht wissen. Wenn er wenigstens seine Adresse hätte, irgendwo müsse ja auch Harald einen festen Wohnsitz haben, dann könne er ihm schreiben und sich diese Ansichtskarten verbitten, die den Briefkasten seiner Großmutter verstopften wie diese täglichen Werbesendungen von Aldi und Lidl und wer weiß nicht wem. Harald mache für sich und seinen Weg um die Welt Reklame, und er, Bergheimer, könne sich nicht dagegen schützen, hilflos sei er dem Leuchten der Haraldschen Positionslichter ausgeliefert. Auch ich kannte Haralds Adresse nicht, ich hatte noch nie eine von seinen Ansichtskarten bekommen, aber ich konnte mich an die Gespräche erinnern, die Bergheimer und Harald auf der

Bank in der Pflaumenallee geführt hatten. Immer war es um eine Weltreise gegangen, die die beiden irgendwann machen wollten, obwohl es damals vollkommen klar war, daß keiner von uns je eine Weltreise würde machen können, aber die Aussichtslosigkeit ihrer Idee schien sie eher zu beflügeln. Wir hatten uns gelangweilt und manchmal stundenlang auf unserer Pflaumenalleebank herumgelungert, einer auf den Aufbruch des anderen wartend, aber keiner hatte der erste sein wollen, doch Bergheimer und Harald hatten immer wieder von dieser Weltreise gesprochen, so lange und ausführlich, als sei allein das Sprechen über eine Weltreise und das Lesen von Weltreisebüchern schon eine Weltreise. Uns anderen waren diese Geschichten gehörig auf die Nerven gegangen, vielleicht hatte ja zumindest Bergheimer gerade deshalb die Rede immer wieder auf diese geplante Weltreise gebracht, das jedenfalls dachte ich jetzt. Lüdtke hatte damals nur mit dem Kopf geschüttelt, Hirngespinste, hatte er gesagt, Winter hatte wie immer ausführlich das Für und Wider erörtert, als habe er selbst schon einige Weltreisen gemacht, letztlich blieb aber unklar, ob er eine solche Reise ablehnte oder befürwortete. Teigvetter, hatten wir gedacht, würde ohnehin die väterliche Bäckerei übernehmen, der brauchte gar nicht erst mitzureden, ich hatte dazu geschwiegen und sie insgeheim beneidet, aber uns allen war dieses Gerede wohl auch ein bißchen wie ein Verrat an unserer Gemeinschaft erschienen.

Er brauche diese Weltreise nicht, die wahren Abenteuer fänden im Kopf statt, behauptete Bergheimer jetzt auf der Georgenplatzbank, als gerade ein Auto zum zweiten Mal ganz langsam an uns vorüberfuhr. Der Fahrer suchte offenbar nach einem Parkplatz, aber der ganze Georgenplatz war schon belegt, schließlich stieß das Auto zurück, fuhr wieder an und kam dann scharf einlenkend direkt auf uns zu, so weit, daß die Stoßstange fast die Granitplatten berührte. Das Heck des Wagens versperrte dennoch mehr als die Hälfte des Fußwegs. Nachdem der Fahrer ausgestiegen und nach einem prüfenden Blick auf die Stoßstange gegangen war, stand Bergheimer auf, zog einen Aufkleber aus der Jackentasche, auf dem zu lesen war, daß die Fußwege den Fußgängern gehören, und klatschte ihn mitten auf die Windschutzscheibe. Man dürfe sich das nicht bieten lassen, wetterte er, er jedenfalls lasse sich das nicht mehr bieten. Dann kehrte er wieder zu den Abenteuern zurück, die seiner Meinung nach im Kopf stattfänden und sonst nirgendwo. Ich dachte sofort an Annette, aber Bergheimer war noch immer bei Harald und dessen Ansichtskarten. Man müsse dem Harald von jeder Bank, auf der wir in den letzten Monaten gesessen hätten, eine Ansichtskarte schicken, eine Ansichtskarte, auf der nur die jeweilige Bank abgebildet sei, vielleicht ein Stück Brandmauer, eine leere Flasche oder ein Holunderbusch, sonst nichts. Ihm würde so ein Bild mehr sagen als die Hochglanzfotos von der Freiheitsstatue oder den Niagarafällen, der Schuppen im aufgelassenen Steinbruch gehe ihn mehr an als der Palazzo Pitti, aber er fürchte, daß Harald mit solch einer Karte nichts anfangen könne, was daran liege, daß Harald sich wahrscheinlich allein auf seine Augen verlasse, meist sogar auf die Augen anderer, er sehe etwas und denke, er habe es damit begriffen, ihm fehle der zweite Blick. Harald sehe nur Bilder, er, Bergheimer, sehe die dazugehörigen Geschichten.

Aus einer Seitenstraße kamen zwei berittene Polizisten. Schwarze Lederjacke, Schirmmütze, der Rücken steif, einen Schlagstock am Koppel, so saßen sie auf ihren hochbeinigen Pferden und sahen mißtrauisch zu uns herüber. Aufreizend langsam zogen sie vorbei, ein Pferd gemächlich schreitend, das andere tänzelnd und mit Schaum vorm Maul, gefolgt von einigen Autos, deren Fahrer die Scheibe heruntergelassen hatten und uns, den Ellenbogen lässig aus dem Fenster hängend, verächtlich betrachteten, als seien wir der Grund für die Verzögerung ihrer Fahrt. Nur der letzte, der gerade erst abgebremst und die Ursache der Behinderung noch nicht wahrgenommen hatte, schlug gereizt mit dem Handballen auf die Hupe, schien aber schon im nächsten Moment angesichts der berittenen Staatsmacht über seine Unbeherrschtheit zu erschrekken und eine Entschuldigung vor sich hinzumurmeln. Bergheimer hatte sich kurz erhoben, vielleicht wollte er die Polizisten auf den Falschparker aufmerksam machen, dann aber mußte ihm der Aufkleber eingefallen sein, er setzte sich wieder und versteckte rasch seine Bierflasche unter der Bank.

Ob denn Harald von seinem Unfall erfahren habe, damals auf dem Klassentreffen müsse doch darüber gesprochen worden sein. Er wird es mitbekommen haben, sagte ich, alle hätten es mitbekommen. Dann sei es ja gut, sagte Bergheimer, dann wisse Harald ja Bescheid, es sei ihm wichtig zu wissen, daß Harald über alles Bescheid wisse und sich kein falsches Bild von ihm mache, gerade bei Harald sei ihm das wichtig. Für ihn, Bergheimer, sei schon diese kleine beschissene Zugfahrt damals zu einer Reise in eine andere Welt geworden, aus dieser Welt aber schreibe man keine Ansichtskarten, dort mache man keine Schnappschüsse, dort gehe es ums Ganze. Wie geht es eigentlich deiner Mutter? fragte ich. Bergheimer zuckte nur mit den Schultern, doch seine Kaumuskeln spannten sich, das Wangenfleisch bebte. Ich Idiot, dachte ich, wieder war es die falsche Frage zur falschen Zeit. Und wollte ich überhaupt eine Antwort? Nicht schlecht, das mit dem Aufkleber, sagte ich schnell, mitten auf die Windschutzscheibe, das hat gesessen. Wo er den denn herhabe, man müsse etwas tun, so könne es schließlich nicht weitergehen mit dem Verkehr, das sei doch ein Wahnsinn. Erst, sagte ich, verlangen die Leute wegen der Überfüllung irgendeiner Landstraße den Bau einer Autobahn, kaum ist die Autobahn gebaut, ist die Landstraße als Autobahnzubringer noch mehr überfüllt und muß unbedingt ausgebaut werden, was die Leute dann aber doch stört, weshalb sie wegen des Baus einer Umgehungsstraße auf die Straße gehen, und wenn man bedenkt, daß irgendwann jeder Chinese... Bergheimer schwieg. Ich meine ja nur, stammelte ich, irgendwie muß das Problem ja gelöst werden, andererseits, was soll man machen, die Leute und ihr Auto, das ist wie...

Erst vorgestern habe er sie wieder einmal besucht, unterbrach mich Bergheimer, er fahre jetzt nur noch selten zu seiner Mutter, obwohl er nun seit Jahren in der gleichen Stadt wohne, sehe er sie fast gar nicht mehr, aber ab und zu müsse es eben sein, man sei ja schließlich eine Familie. Seine Mutter sei heute etwa so alt wie damals seine Großmutter, als diese ihn habe aufnehmen müssen, sie habe den gleichen Blick, diesen gleichen schicksalsergebenen Familienblick. Alles, was er sich damals von seiner Großmutter habe anhören müssen, müsse er sich heute von seiner Mutter anhören, die ganze Das-Leben-sei-wie-es-sei-Leier, die ganze Denk-an-deine-Zukunft-Litanei. Seine Mutter spreche von ihnen wie von fremden

Leuten, als habe sie das alles in einem Groschenroman gelesen, als habe das alles mit ihnen gar nichts zu tun. Sie lege ihm ein Stück Quarktorte auf den Teller und sage, daß er sie verstehen müsse, sie schenke ihm Kaffee ein und behaupte, daß es immer zwei Seiten einer Medaille gebe, sie frage, ob er Sahne wolle, und sehe an ihm vorbei. Wenn er seine Mutter besuche, gebe es jedesmal Quarktorte, Quarktorte mit Schlagsahne, seine Mutter backe zweifellos die allerbeste Quarktorte, die er kenne, sagte Bergheimer, aber wahrscheinlich komme seine Mutter überhaupt nicht mehr auf den Gedanken, daß jemand sie nicht ausschließlich wegen ihrer Quarktorte besuchen könnte. Ob die Quarktorte denn gelungen sei, wolle seine Mutter jedesmal wissen, ob er nicht noch ein Stück wolle, wenigstens ein halbes oder etwas Sahne, in ihrer Stimme liege dabei soviel Flehen und soviel Ängstlichkeit, als hinge ihr Leben allein vom Gelingen und vom Verzehr ihrer Quarktorte ab. Sein Ersatzvater habe vor Jahren wegen seines, also Bergheimers, Auftauchens sofort das Zimmer verlassen, heute fliehe er aus dem Haus, um für ein paar Stunden dieser Quarktortenobhut zu entkommen. Vielleicht habe sich ja seine Mutter deshalb vor kurzem eine Katze zugelegt. Kaum, daß er die Wohnung betrete, schleiche auch schon diese Katze um ihn herum und dränge sich mit erhobenem Schwanz dreist an sein Bein. Dieses Geschmeidige, dieses Geduckte, sich Windende, all das ekle ihn an, und er nehme dann doch noch Schlagsahne, nur damit sich dieses Katzenvieh später nicht über die Reste hermachen könne. Schlimmer als Katzen seien nur Katzenfreunde, aber mit so einer Meinung könne man sich in diesem Land der Katzenliebhaber natürlich nur unbeliebt machen. Man treffe einen

Menschen, wechsle ein paar Worte, sieh an, ein intellektueller Mensch, denke man und müsse dann feststellen, daß er auf die Katze gekommen sei, unfaßbar sei das. Seine Mutter jedenfalls habe sich als Ersatz für seinen Ersatzvater eine Katze angeschafft und werde ihn damit irgendwann endgültig vertreiben. Er habe sich vor Jahren in Gedanken immer wieder auf die Reise zu seiner Mutter begeben, jeder Tag ohne seine Mutter sei eine Kränkung für ihn gewesen, heute denke er bei jedem Besuch darüber nach, wie er von seiner Mutter und ihrer Katze abreisen könne, ohne sie durch seinen Aufbruch zu kränken. Er sei einmal der Klotz am Bein seiner Mutter gewesen, heute sei seine Mutter ihm ein Klotz am Bein, das Schicksal habe sich gewendet. Aber er werde seine Mutter nicht verstoßen, selbst sein Mutterhaß sei ihm inzwischen abhanden gekommen, wo früher sein Mutterhaß gewesen sei, sei heute nur noch sein Katzenhaß, ansonsten aber Leere, nichts als eine abgrundtiefe Leere.

Bergheimer hatte die Bierflasche wieder unter der Bank hervorgeholt, jetzt hielt er sie mir entgegen. Ich griff nach der meinen, wir stießen an und tranken. Schon Dutzende Male hatten wir miteinander angestoßen, aber noch nie, so schien mir, hatte in dieser Geste soviel Übereinkunft gelegen. Auch Bergheimer mußte das spüren. Ich könne ja diesen Schulze-Dingsbums mal fragen, sagte er, nur mal so, ganz unverbindlich, und es eile auch nicht, aber diesen Psychologen könne ich vergessen. Er habe genügend Zeit in Krankenhäusern und Sanatorien zugebracht, diesbezüglich sei er geheilt. Damals, nach seinem Unfall, habe er erst wochenlang im Bett liegen müssen, dann habe er wochenlang das Laufen wieder lernen müssen, ihm reiche das, keine zehn Pferde bekämen ihn jemals wieder in so eine Anstalt. Monatelang habe er auf die weiße Zimmerdecke gestarrt, und draußen sei das Leben weitergegangen, er könne noch heute die Konturen und Farbtöne jedes Wasserflecks nachzeichnen, der sich über seinem Bett an der Decke befunden habe, monatelang seien die Fliegen an der Zimmerdecke seine einzige Abwechslung gewesen. Raupennest habe das Sanatorium geheißen, sagte Bergheimer, Raupennest, was für ein Name das sei. Aber die Metamorphose habe nie stattgefunden, wie Raupen seien die Rekonvaleszenten durch den Park gekrochen, die Beinamputierten, die Gelähmten und Sedierten, nie sei einer als Schmetterling über den grünen Maschendrahtzaun geflattert, der den Park von der Außenwelt abgeschottet habe. Vielleicht habe das Tor sogar offengestanden, trotzdem sei keiner auf die Idee gekommen, aus dieser Anstalt zu fliehen, die ganze Welt sei letztlich nicht viel anders als dieses Raupennest, alle Tore stünden offen, aber man klebe an seinem Nest. Nach seiner Entlassung aus dem Raupennest sei er gleich zu unserer Bank in der Pflaumenallee gehumpelt, aber keiner sei mehr da gewesen. Ich hätte das Dorf ja schon vor seinem Unfall verlassen, auch der Teigvetter sei spurlos verschwunden gewesen, Harald habe gerade begonnen, seine Ansichtskarten zu schicken, nur Lüdtke und Winter seien noch eine Weile im Dorf gewesen, aber zur Bank seien auch sie nicht mehr gekommen, auf der Bank habe er nun ganz allein gesessen. Die Geschichte mit Winter habe er ja schon erzählt, und an Lüdtke habe er sich erst nach der Entlassung aus der Getriebefirma gewandt. Er habe Lüdtkes Aufstieg aus nächster Nähe verfolgen können, Schritt für Schritt sei Lüdtke vorangekommen, er selbst sei nur hinterhergehinkt. Der Peter, habe er damals gedacht, werde ihm helfen können, der Peter sei ein alter Freund, der werde ihn nicht im Stich lassen. Aber denkste, der Lüdtke habe ihn eiskalt abblitzen lassen, von wegen Pförtner und Packer, das habe er sich nur ausgedacht, um mich zu provozieren, weil ich ihn mit diesem Lüdtkeschen Whiskey habe ruhigstellen wollen. Die Zeiten hätten sich geändert, habe Lüdtke damals gesagt, es tue ihm wirklich leid, aber er müsse jetzt an sein Unternehmen denken, und ein Unternehmen sei schließlich kein Sanatorium. Und dann habe der Lüdtke zu jammern begonnen, über die Bürokratie, die Steuern, die Zinslast, die Lohnnebenkosten, er, Bergheimer, habe ja gar keine Ahnung, wie es einem Mittelständler in diesem Wirtschaftsklima gehe. Ihm aber sei das Wetter egal gewesen, und überhaupt, Mittelständler, daß er nicht lache, ihn frage doch auch keiner, ob er Links- oder Rechtsträger sei, nur einen Job habe er gewollt, einen beschissenen Job, sonst nichts. Wie ein Bettler sei er immer wieder zu Lüdtke gegangen, ach der Bergheimer, habe der jedesmal gerufen, was für eine Überraschung, schön, daß der Bergheimer mal vorbeischaue, er selbst habe ja kaum noch Zeit, die Geschäfte, aber die alten Freundschaften müsse man pflegen, na klar doch. Dann habe er eine Flasche Whiskey und zwei Gläser aus dem Schreibtisch geholt und auf die alten Zeiten und auf die Freundschaft getrunken, und er, Bergheimer, habe diesen Lüdtkeschen Whiskey heruntergewürgt, diesen amerikanischen Fusel, denn um einen richtig edlen Schotten aufzutischen, sei der Lüdtke natürlich zu geizig gewesen. Und dann habe er den Lüdtke nach einer Stelle gefragt, angefleht habe er ihn, den Herrn Unternehmer. Nichts für ungut, habe Lüdtke gesagt, Schnaps sei Schnaps und Geschäft sei Geschäft, er werde sehen, was sich machen lasse, aber natürlich habe sich nie etwas machen lassen, jedenfalls habe Lüdtke nichts gemacht. Auch dieser Schulze-Dingsbums werde nichts machen, der werde höchstens einen wie den Besenlaub finden, einen, der mit beiden Beinen im Leben stehe. Wir sollten es wenigstens versuchen, sagte ich, aber es klang wohl wenig überzeugend.

Seit unserem letzten Treffen waren mehr als vier Wochen vergangen, und ich hatte noch nicht einmal mit Scholze-Hellmich gesprochen. Anfangs, weil mir der Gedanke, mit Bergheimer jeden Tag in einer Firma zu arbeiten, unerträglich war, später hatte ich es wohl einfach vergessen. Außerdem hatten wir jetzt andere Sorgen, mit dem Referenzprojekt hatte es unerwartete Probleme gegeben, irgend etwas mußte ich bei der Vorbereitung übersehen haben. Lüdtke selbst hatte im Büro angerufen, diesmal aber gleich Scholze-Hellmich sprechen wollen. Der hatte getobt, ausgerechnet Lüdtke, wo er den Peter doch so schätze und seit kurzem mit ihm im gleichen Golfclub sei, eine peinliche Situation sei das, aber wie er gehört habe, würde ich den Lüdtke ja kennen, alte Seilschaft, aber ihm sei das egal, ich solle meine Kontakte nutzen und das gefälligst wieder geradebiegen. Mehr Leute vom Schlage Lüdtkes, hatte Scholze-Hellmich gesagt, und es ginge wieder aufwärts mit Deutschland. Da konnte ich Scholze-Hellmich jetzt nicht auch noch mit Bergheimer kommen. Ich hätte eigentlich gar nicht hier sitzen dürfen, Scholze-Hellmich hatte mich nur gehen lassen, weil ich die ganzen Berechnungen mitgenommen und behauptet hatte, sie zu Hause noch einmal durchgehen zu wollen. Nachdem Birgit ausgezogen war, hatte ich das oft gemacht, besonders an den Wochenenden, die ich ohne Arbeit überhaupt nicht überstanden hätte. Meine Wohnung glich manchmal einer Außenstelle des Büros, die Küche einem Flaschenlager. Auf der Seite des Bettes, wo sonst Birgit gelegen hatte, lagen nun meine Unterlagen, auf der Seite des Küchentisches, wo sonst Birgits Teller gestanden hatte, standen nun leere Flaschen. Ich hatte zu trinken angefangen, allein und lustlos hatte ich getrunken, anfangs aus Frust, später aus Gewohnheit, so lange und ausdauernd, bis der Körper rebelliert und mein Gesicht eines Tages einer gelblichen, wachsbleichen Maske geglichen hatte. Und plötzlich hatte ich um dieses Leben, das ich Stunden zuvor noch mit aller Kraft hatte ertränken wollen, Angst gehabt und die Notbremse gezogen. Ich trank noch immer, kontrolliert, wie ich es nannte, und redete mir ein, die Sache im Griff zu haben.

An was ich gerade denken würde, fragte Bergheimer. Die Frage hätte von Birgit sein können, dachte ich, Birgit hatte immer wissen wollen, was ich gerade denke, und ich sagte zu Bergheimer, daß ich an nichts denke. Birgit, dachte ich, hätte es als weiteren Beweis für meinen Egoismus angesehen, wenn ich zu Hause gearbeitet hätte, statt mich mit ihr zu beschäftigen. Sie habe als meine Freundin ein Recht darauf, daß ich mich mit ihr beschäftige, hatte sie immer wieder gesagt, als sei ich nicht ihr Freund, sondern als Beschäftigungstherapeut bei ihr angestellt. Dagegen hätte sie es sicher als einen ersten Schritt zu meiner Besserung gedeutet, wenn ich mich jetzt tatsächlich für Bergheimer einsetzen würde. Birgit hatte sich ja unentwegt für andere eingesetzt, sie hatte die Probleme anderer Leute ständig zu ihren eigenen gemacht und darin einen Akt von Großherzigkeit gesehen, während ich immer den Verdacht gehabt hatte, daß dies bei ihr auch nur eine Form von Egoismus gewesen war. Vielleicht hatte ich ihr das damals auf der Bank des Georgenplatzes gesagt, vielleicht hatte Birgit bei einem dieser öffentlichen Tribunale endgültig beschlossen, mich zu verlassen. Vor einigen Wochen hatte sie dann diesen Architekten kennengelernt, ausgerechnet einen Architekten, dachte ich, und daß das kein Zufall sein konnte, denn sie mußte ja wissen, mit einem Architekten würde sie mich besonders treffen. Und obwohl mir dann der Teigvetter einfiel, der auch Architekt war, und ich dachte, Architekt, damit kann man mich nicht beeindrucken, das hat nichts zu bedeuten, spürte ich, ein Architekt an Birgits Seite, das ist mehr als nur das Zeigen der Folterwerkzeuge.

Er denke, sagte Bergheimer, oft darüber nach, wie sein Leben verlaufen wäre, hätte er nicht diesen Unfall gehabt. Möglich, daß er mit Harald eine Weltreise gemacht hätte, aber vielleicht wäre er auch weiter täglich zur Arbeit an seine Drehbank gegangen, hätte geheiratet, eine Familie gehabt, eines Tages wäre er vielleicht sogar Meister geworden und nie auf die Idee gekommen, das Dorf zu verlassen. Anfangs hätte er noch Sehnsucht nach dieser Weltreise gehabt und sich Haralds Karten an den Spind oder über die Werkbank geklebt, dann hätte er die verblaßten Bilder abgerissen und die Weltreise vergessen. Er hätte sich mit der Genügsamkeit der Dörfler gemeingemacht und sich vielleicht die Bilder nackter Frauen oder das Emblem einer Fußballmannschaft in seinen Spind geklebt. Sonntags wäre er mit seiner Frau und den Kindern durch die Pflaumenallee spaziert, um ihnen die Bank zu zeigen, und einmal im Jahr in den Urlaub gefahren, an die Ostsee, in die Alpen, das Schöne liege ja so nahe, oder nach Mallorca, vielleicht sogar nach Griechenland, aber möglicherweise hätte seine Frau das griechische Essen nicht vertragen und sie hätten irgendwann einen Kleingarten gepachtet. Hier fühle man sich wohl, hätte man dann gedacht, hier sei alles in Ordnung, vielleicht noch einen Laubstaubsauger, vielleicht noch einen Universalhäcksler, sonst sei alles bestens, was solle man da in der Welt herumfahren. Man müsse lernen, die Beschränkungen ins Positive zu verkehren, sagte Bergheimer, das sei der ganze Trick.

Es war dunkel geworden, das Gezänk der Spatzen im Gebüsch war verstummt, unsere Bierflaschen leer, wir ließen sie für die Penner stehen, die jeden Morgen, meist schon vor Sonnenaufgang, das Viertel auf der Suche nach Pfandflaschen durchstreiften, ewig fröstelnde Männer mit hochgezogenen Schultern und unruhigem Blick, die immer auf dem Sprung waren. Auch er habe das schon versucht, behauptete Bergheimer, man müsse sich nur überwinden, anfangs sei es sogar lukrativ gewesen, jedenfalls lukrativer als die Bettelei, besonders an den Wochenenden, wenn die Jugendlichen aus dem Umland zu Hunderten durch das Viertel zögen. Seit ein paar Monaten aber sei die Konkurrenz einfach zu groß und man müsse immer früher aufstehen, um der Hinterlassenschaften der Dorfjugend habhaft zu werden. Obwohl es ihm ja nie auf die paar Cent angekommen sei, Flaschensammeln, das sei auch nur der letzte Rest einer Illusion, die kindlich naive Vorstellung, etwas aus eigener Kraft schaffen zu können wie Robinson auf seiner Insel. Viele glaubten in ihrer Saturiertheit, diese Leute hätten ihre Selbstachtung verloren, aber das sei nur kleinbürgerliche Arroganz. Der Mensch sei ein Träumer, die einen träumten eben davon, eines Tages von den Zinsen leben zu können, anderen blieben nur die leeren Flaschen.

Bergheimer wollte mir noch etwas zeigen, deshalb liefen wir die Georgenstraße hinunter in Richtung des Vorortbahnhofs, vorbei an den vergitterten Filialen der Discountmärkte und Restpostenverkäufer, an der getrübten Fensterscheibe eines Bräunungsstudios, auf dem ein vergilbtes Plakat fünf Minuten Sonne zum Schnupperpreis versprach, unterquerten die Eisenbahnbrücke, wo unsere Schritte hallten und zwischen deren Steinquadern Wasser aus den Öffnungen kleiner Rohre tropfte oder über die Wölbungen rann, langgezogene, sich nach unten öffnende Schlieren von Salz- oder Kalkablagerungen zurücklassend. Wir liefen durch einige verwinkelte, kaum noch beleuchtete Seitenstraßen, durch die ich am Tag schon oft gegangen war, die mir aber jetzt fremd erschienen. Wir erreichten einen kleinen Platz, in dessen Mitte sich die Ruine der Matthiaskirche erhob. Sie stand uns im Weg, ein riesiger schwarzer Koloß, in dem sich in der Dunkelheit nur die Konturen einiger Fensteröffnungen abzeichneten und der Stumpf eines im Nichts endenden Gewölbebogens, alles überragt vom Turm, der wie durch ein Wunder fast unzerstört geblieben war und sich, grazil und wuchtig zugleich, vom Nachthimmel abhob, eine theatralische Gebärde traurigen Trotzes. Bergheimer hielt mich am Arm und bedeutete mir, stehenzubleiben. Es war eine fast väterliche Geste. Seit er in der Stadt lebe, habe er den Wunsch, einmal auf diesen Turm zu steigen, sagte er, seit Jahren wünsche er sich das, aber nicht einfach die Treppen hoch, das könne jeder, sondern an der Außenseite, über die Fassade. Wozu? fragte ich. Er sei sich sicher, daß es sich lohne. Es sei schwierig, vielleicht sogar unmöglich, sagte ich, und auf jeden Fall gefährlich. Eben deshalb, antwortete Bergheimer, irgendwann werde er es tun, gerade deshalb werde er es tun, ich solle nicht reden wie dieser Schlappschwanz von Winter. Die eigene Angst überwinden, das sei doch das einzige, was man noch tun könne.

Mir kam allein der Gedanke, derart auf den Turm dieser Kirchenruine zu steigen, ziemlich merkwürdig vor, aber daß ausgerechnet Bergheimer das tun wollte, war geradezu absurd. Ich dachte daran, wie er keuchend vor meiner Wohnungstür gestanden hatte, die vielen Stufen sei er nicht gewöhnt, hatte er gesagt, ich dachte an Bergheimers Bein, er mußte verrückt geworden sein. Er stand neben mir, seine Hand hielt noch immer den Ärmel meiner Jacke fest, als wollte er mich daran hindern wegzulaufen. Er wolle diesen Turm besteigen, hatte er gesagt, von mir aus, was aber, wenn er etwas ganz anderes damit bezweckte? Wer raufgeht, muß auch wieder runter, dachte ich. Gut sechzig Meter von der Plattform bis zum Boden, die Höhe dürfte genügen, hatte Bergheimer gesagt und dann vielsagend geschwiegen. Ich hatte keinen Zweifel, was er damit meinte. Aber warum erzählte er es mir? Wollte er mich wieder provozieren? Sollte ich ihn zurückhalten? Ihm behilflich sein? Natürlich, plötzlich schien es mir klar, wir sollten diesen Turm besteigen, nichts anderes hatte er gemeint, wir beide, allein würde er es nie schaffen. Vielleicht hatte Bergheimer nie etwas anderes von mir gewollt. Alles war ein abgekartetes Spiel, mir war von Anfang an die Rolle des nützlichen Idioten zugedacht. Wir hatten nicht das Viertel, sondern diese Ruine umkreist. Ich sollte die Krücke sein für Bergheimers Bein.

Angst? fragte er, nachdem ich etwas zur Seite getreten war und mich so seinem Griff entzogen hatte. Ich weiß nicht, sagte ich, es hat einfach keinen Sinn. Ich solle jetzt nach Hause gehen, wenn es soweit sei, werde er sich melden. Sein Tonfall war der eines Mannes, der sich soeben eines potentiellen Komplizen versichert hat und dem noch Zögernden nun gönnerhaft einen Aufschub gewährt. Ich verabschiedete mich nicht von Bergheimer, ich wollte ihn stehenlassen, doch es blieb dabei, er hatte mich weggeschickt. Wie benommen ging ich in die Dunkelheit und hoffte, diese Nacht möge nie zu Ende gehen. Ich lief durch die leeren Seitenstraßen, stolperte, und plötzlich war da dieses Geräusch, dieses Hallen unregelmäßiger Schritte, so, dachte ich, war Bergheimer die Treppe zu meiner Wohnung hinaufgestiegen. Mehrmals blieb ich stehen, lauschte, das Geräusch war verschwunden. Ich schaute mich um, doch niemand folgte mir.

10

Wieder meldete sich Bergheimer nicht, er spannte mich auf die Folter. Er hatte alles vorbereitet, nun konnte er warten. Das Netz war gespannt, und die Fliege war ich. Nach drei Wochen hielt ich es nicht länger aus und rief ihn an. Es war das erste Mal, daß ich ihn anrief. Ich fürchtete, Bergheimer könnte seine Idee wahrmachen und tatsächlich auf den Kirchturm steigen, es war viel zu gefährlich, dachte ich, er würde abstürzen und ich mir Vorwürfe machen. Der Tod als Happyend, ich hatte seine Worte nicht vergessen. Im Traum sah ich ihn fallen, kopfüber mit ausgebreiteten Armen, als wolle er fliegen, der schwarze Hut segelte ihm nach. Ich sah Bergheimer aufschlagen, mit einem dumpfen, floppenden Geräusch, dann lag er da, ein in seine Kleidung eingesackter Klumpen Fleisch ohne Gesicht, doch etwas hatte sich beim Aufprall gelöst, überschlug sich polternd, wie in Zeitlupe, kam etwas abseits auf dem Pflaster zum Liegen, klappte mit letztem Schwung nach oben und blieb schließlich aufrecht stehen. Schweißgebadet war ich jedesmal aufgewacht und hatte mit banger Erwartung den Polizeibericht in der Lokalpresse gelesen. Drei Wochen, wie hatte ich nur so lange warten können? Bergheimer schien von meinem Anruf nicht überrascht, er schien ihn sogar erwartet zu haben, na endlich, sagte er, und wir verabredeten uns noch für denselben Tag nach Feierabend auf dem Spielplatz.

Ich kam eine halbe Stunde zu spät, Scholze-Hellmich hatte mich auf dem Flur abgepaßt und noch einmal in sein Büro gebeten. Er hatte sich an seinen Schreibtisch gesetzt und eine Weile gezögert, als suche er nach Worten, dann hatte er ein Schriftstück genommen, es, obwohl er den Inhalt offenbar längst kannte, sich aber noch einmal von dessen Ungeheuerlichkeit überzeugen wollte, mit unruhigen Blicken überflogen und mir das Blatt wortlos über den Tisch geschoben. Sein Zeigefinger hackte auf das Papier, während Scholze-Hellmich mir, die Stirn theatralisch in Falten gelegt, in die Augen sah. Es war die Kopie eines Artikels aus einer Fachzeitschrift, in dem von der bevorstehenden Markteinführung einer neuartigen Wärmedämmung berichtet wurde, die unserer Entwicklung ähnlich war, verdächtig ähnlich, hatte er gesagt und wissen wollen, was das zu bedeuten habe. Ich war genau so überrascht gewesen wie er, doch ich hatte keine Enttäuschung gespürt. Zufall, hatte ich gesagt, und daß man mit so etwas immer rechnen müsse, daß man sich eigentlich gar nicht zu wundern brauche, ich jedenfalls wundere mich nicht, wahrscheinlich forsche die halbe Welt an diesem Thema, werde diese Forschung mit rasantem Tempo vorangetrieben, Wärmedämmung, Recycling, das seien schließlich Zukunftsthemen, und wir alle seien ersetzbar, das müsse man zur Kenntnis nehmen, alles andere sei Selbstbetrug, und vielleicht sei das Scheitern ja ohnehin das Normale. Klammheimlich hatte ich mich gefreut, vor allem wegen Lüdtke, der seine Hoffnung auf Aufträge nun in den Wind schreiben konnte. Blödsinn, er glaube nicht an Zufälle, hatte Scholze-Hellmich erwidert und mir das Blatt aus der Hand gerissen. Fürs Scheitern werde niemand bezahlt, diesen sozialistischen Schlendrian werde er mir schon noch austreiben, der Zweite sei immer schon der erste Verlierer, dafür sei er angetreten. Der Chef habe recht gehabt, als er ihn vor mir gewarnt habe, fachlich ganz brauchbar, aber was den Ehrgeiz betreffe ein Krüppel, keine Effizienz, keine Siegermentalität, ein typischer Zauderer und Bedenkenträger. Dabei war das Mißtrauen, mit dem mich Scholze-Hellmich anfangs gemustert hatte, in Verachtung umgeschlagen. Bis morgen früh wolle er eine schriftliche Stellungnahme. Morgen früh Punkt acht! hatte er gesagt.

Bergheimer saß schon auf der Bank, als ich kam. Die Bank wippte sanft, er unterhielt sich mit einer jungen Frau, zeigte, als er mich gesehen hatte, in meine Richtung, worauf die Frau nickte. Sie mußten über mich gesprochen haben. Die Frau begrüßte mich mit einem Lächeln, das erkennen ließ, daß sie über mich Bescheid wußte, dann, als sei das mit Bergheimer abgesprochen, erhob sie sich sofort, sie wolle nicht stören, sagte sie. Sie ging zur Wippe, auf der ein Junge, den Oberkörper zurückgelehnt und die Beine nach vorn gespreizt, grinsend auf dem unteren Sitz saß, während ein kleines Mädchen auf der anderen Seite in der Luft hing und um Hilfe schrie. Es mußten ihre Kinder sein. Hurra, ich laß dich verhungern, rief der Junge. Ich entschuldigte mich bei Bergheimer für meine Verspätung und dafür, daß ich keine Zeit mehr gehabt hatte, etwas einzukaufen. Das mache gar nichts, sagte Bergheimer und zog eine Flasche Rotwein aus einem Beutel. Die Frau hatte inzwischen die eine Seite der Wippe nach unten gedrückt, nun grinste die Tochter, der Sohn war wütend und schrie. Bergheimer wollte auch jetzt nicht wissen, warum ich ihn angerufen hatte, für ihn schien alles klar zu sein. Wer ist die Frau? fragte ich ihn. Er kenne sie vom Sehen, sagte Bergheimer mit gespielter Beiläufigkeit. So so, vom Sehen, sagte ich, aber Bergheimer überhörte den Hohn in meiner Stimme. Er habe sie ein paarmal gesehen und mit ihr gesprochen, viel wisse er nicht, sie sei geschieden, das habe sie ihm gleich beim ersten Mal erzählt. Als sei das ihr herausragendstes Merkmal, habe sie ihm gleich erzählt, daß sie geschieden sei, als wisse er nun, an was er bei ihr sei. Geschieden, von Beruf Krankenschwester, doch das sei Zufall und habe nichts zu bedeuten, zwei Kinder, das würde ich ja sehen. Sie heiße Julia, sei viel jünger als wir, aber sie kenne das Brüllen des Metro-Goldwyn-Mayer-Löwen. Das Brüllen des Metro-Goldwyn-Mayer-Löwen sei ihrer beider Erkennungsmelodie gewesen, das Codewort ihrer Bekanntschaft, sagte Bergheimer. Er wisse nicht mehr, wie sie darauf gekommen seien, sie hätten über alles mögliche geredet, das Wetter, den Spielplatz, Freunde, Hobbys, plötzlich sei es dagewesen, ganz unvermittelt hätte mit einem Mal der Metro-Goldwyn-Mayer-Löwe gebrüllt. Die Frau setzte ihre Kinder auf ein Fahrrad, die Tochter auf den Kindersitz, den Jungen auf den Gepäckträger, sie winkte uns kurz zu, bevor sie das Rad, sich mit aller Kraft gegen den Lenker stemmend, durch den Sand des Spielplatzes schob. Bergheimer winkte zurück. Ich hatte das Gefühl, gestört zu haben. Vielleicht werde er schon bald…, begann Bergheimer, doch dann hielt er inne, er rede zuviel, sagte er und starrte schweigend auf den Sand. Erst jetzt fiel mir auf, daß der im letzten Jahr radikal umgestaltete Spielplatz schon wieder umgestaltet worden war, die Kunststoffmatten und Gummibahnen waren verschwunden, statt dessen war der Boden jetzt mit einer dicken Schicht feinem Sand bedeckt. Ich mußte daran denken, daß hier Mittel des Bundes verbaut worden waren, Steuermittel, dachte ich, was für eine Verschwendung. Nach einer Weile schlug sich Bergheimer plötzlich mit den Händen auf die Schenkel, öffnete dann die Flasche und warf den Korken unter den Entchensitz. Für den Besenlaub, sagte er ohne Haß, nur mit diebischer Freude, und nahm einen Schluck. Bergheimer hatte seinen albernen Hut schon lange nicht mehr aufgehabt, auch die gelbe Windjacke trug er nicht mehr, er wirkte überhaupt verändert. Er hatte sich das strähnige Haar kurz schneiden lassen, war jedoch noch immer unrasiert, was sein Gesicht jetzt dennoch nicht verwahrlost, sondern eher in einer verwegenen Lässigkeit erscheinen ließ. Er sah aus, als habe er sich für seinen letzten Gang zurechtgemacht. Am auffälligsten aber war die Gelassenheit, mit der Bergheimer neben mir auf der Bank saß und seinen Rotwein trank. Rotwein sei ein Getränk für Zuhörer und Beobachter, hatte er einmal zu mir gesagt, ich dagegen hatte jetzt Lust auf Bier.

Ich erzählte Bergheimer von jenem ersten Schultag, als die Lehrerin ihn in unsere Klasse geführt hatte, wie hilflos er vor uns gestanden und ich mir vorgestellt hatte, daß sie ihm die Lungenflügel und das Herz entnahm, und wie wir ihr grinsend dabei zugesehen hatten, und ich schließlich meinen Ranzen auf den freien Platz neben mir gestellt hatte. Ach ja, das Fräulein König mit ihrem Fröhlich-sein-und-singen-Gesicht, seufzte Bergheimer, an mehr konnte er sich nicht erinnern. Ich aber sah nun alles wieder vor mir wie auf einer Fotografie, die man nach Jahren in den Händen hält, zunächst überrascht ist und sich dann doch jedes Details erinnert. Ich sah das breite Grinsen in

Vetters feistem Teiggesicht, daneben sitzt Winter, dessen Blick mich unmißverständlich auffordert, etwas zu tun. Dahinter Lüdtke, der sich zu Harald beugt und ihm etwas zuflüstert, worauf der losprustet, sich mit einer Hand vor den Mund, die andere auf den Tisch schlägt. Und ich sitze allein in meiner Bank, ich bin übriggeblieben, und die ganze Kränkung, die darin liegt, wird mir nun bewußt. Habe ich einen Pickel im Gesicht, einen Wirbel im Haar, habe ich in der Pause etwas Falsches gesagt? Vielleicht hat Teigvetter deshalb gegrinst, vielleicht hat Lüdtke einen Witz über mich gerissen, nicht über diesen Neuen machen sie sich lustig, sondern über mich. Noch einmal erinnerte ich mich an jenes Gefühl, das mich schon damals befallen hatte, das Gefühl, ihnen etwas beweisen zu müssen, ihnen meine Zugehörigkeit und Loyalität zu versichern, nur deshalb stellte ich meinen Ranzen auf den freien Platz. Es hatte nichts mit dir zu tun, sagte ich. Bergheimer schwieg. Ich erinnerte ihn an den Tag, als er mir seinen Kniestumpf vorgeführt hatte, dieses wie lilafarbenes Wachs schimmernde, nach innen gestülpte Stück Fleisch, das knotige Knie und die allein auf dem Fußboden stehende, mit Socke und Schuh bekleidete Prothese, deren Anblick ich nicht hatte ertragen können, erzählte ihm, wie ich nachher immer wieder vor mir hergeschoben hatte, ihn anzurufen oder zu besuchen, und wie es mir dann, je mehr Zeit vergangen war, immer peinlicher und schließlich unmöglich geworden war, ihn anzurufen oder zu besuchen, obwohl ich immer wieder daran gedacht, ja im Kopf diesen Anruf und diesen Besuch auch tatsächlich mehrfach gemacht hatte. Bergheimer lächelte milde. Ich erzählte ihm, wie ich davon geträumt hatte, daß die Annette am Fenster stehen und lächelnd ihr langes schwarzes Haar, das mich an das lange schwarze Haar von Birgit erinnerte, für mich herunterlassen würde, daß auch ich die Annette heimlich begehrt hatte, und zwar so, wie der Besenlaub sie begehrt hatte. Bergheimer zuckte nur mit den Schultern. Vom Reden bekam ich einen trockenen Mund, doch Bergheimer hatte kein Bier dabei. Ich glaubte plötzlich all die Mißverständnisse ausräumen zu müssen, die es zwischen mir und Bergheimer gegeben hatte oder die ich mir unentwegt eingeredet hatte, ich erinnerte mich all der Tiraden und weinerlichen Lamentos, denen ich schweigend und verstört zugehört hatte und vor denen ich doch am liebsten davongelaufen wäre, weil ich in ihnen immer wieder auch meine eigenen Gedanken erkannt hatte. Die Wahrheit, sagte ich, ist manchmal schwer zu ertragen. Bergheimer sagte Prost. Ich erzählte ihm auch von Birgit, die ich geliebt hatte und noch immer liebte, die mich aber verlassen hatte, weil ich, wie sie behauptet hatte, nur mich selbst lieben könne. Bergheimer legte seinen Arm um meine Schulter. Ich ließ es geschehen.

Die Flasche war mittlerweile leer, irgendwann würde der Besenlaub kommen, um den Spielplatz abzuschließen. Ich hatte Hunger und fragte Bergheimer, ob wir nicht zusammen essen gehen wollten, er stimmte sofort zu, der Abend, sagte er, könne noch lang werden.

Eine Weile irrten wir ziellos umher, vorbei an Döner- und Pizzabuden, an Suppenbars, Baguetterien und Sandwich-Lounges, entschieden uns dann aber auf Bergheimers Empfehlung hin für einen kleinen Imbißwagen, der unter einer der Eisenbahnbrücken stand und in dem ein kleiner glatzköpfiger Mann mit Schnauzbart und Goldkettchen über dem T-Shirt Würste briet und gelangweilt ein Sieb mit Fritten schwenkte. Es roch nach Autoabgasen, Kaffee und ranzigem Fett, oben auf der Brücke quietschten die Bremsen eines Zuges. Eine mit ungelenker Handschrift beschriebene Tafel verkündete, daß heute Haxentag sei, aber Bergheimer ging auf diese makabre Verkettung nicht ein. Der Mann hieß Benno, sein Wagen Sachsengrill, Benno's Sachsengrill. Bergheimer schien den Mann zu kennen, jedenfalls begrüßte er ihn wie einen alten Kumpan und bestellte, ohne mich vorher gefragt zu haben, zweimal wie immer. Beim Bezahlen ließ er mir allerdings höflich den Vortritt, und so durfte ich das zweimal wie immer, je eine Bratwurst mit weichem Toastbrot und eine Büchse Bier, zu einem der Stehtische tragen. Hau rein, sagte Bergheimer im hier offenbar üblichen Jargon, und ich ließ mich nicht lumpen. Die Bratwurst war genießbar, das Bier kalt, wir waren zufrieden. Am Tisch neben uns stand ein junger Mann im dunklen Anzug, er trug eine gegelte Bürstenfrisur und hatte auch ein wie immer bestellt, aber etwas anderes bekommen als wir, nur das Bier war das gleiche. Er aß mit steif nach vorn gebeugtem Oberkörper und vorgeschobenem Kinn, die Ellbogen weit abgewinkelt, trotzdem tropfte eine weiße Sauce auf die Spitze seines rechten Schuhs. Wahrscheinlich einer von der Sparkasse, flüsterte Bergheimer mir zu, bei Benno seien wir Banker unter uns. Ich lächelte gequält, damit er mir den Witz nicht auch noch erklären mußte. Obwohl so ein Anzug natürlich täuschen könne, wandte Bergheimer ein, vielleicht habe er sich gerade irgendwo als Hausmeister beworben, heute sei ja alles möglich. Man wisse sowieso nicht, woran man bei den Leuten sei, die jungen Mädchen würden in Mickey-Mouse-T-Shirts gegen Amerika demonstrieren, und Leute wie Lüdtke trügen in ihrer Freizeit das Konterfei von Che auf der Brust.

Wann und wo wir uns das nächste Mal treffen wollten, fragte ich Bergheimer, als wir ausgetrunken hatten, und dachte an die Aktentasche, die, diesmal wirklich voller Akten, zwischen meinen Füßen stand. Punkt acht Uhr, hatte Scholze-Hellmich gesagt. Was das denn heißen solle, das nächste Mal, jetzt sei Gegenwart und die gelte es zu nutzen, es sei schließlich hell genug, wir könnten noch ein Stück gehen. Die Beine, sagte Bergheimer, seien bei ihm ja noch immer das Verläßlichste, auch wenn sein Wille schwach werde, wenn er an seiner Vernunft zu zweifeln beginne, auf seine Beine könne er sich verlassen. Vielleicht werde er sich in Zukunft nur noch auf seine Beine verlassen, komm, sagte Bergheimer, wir gehen. Er zerdrückte die Bierbüchsen, verabschiedete sich von Benno, und mir war sofort klar, wohin er wollte, trotzdem folgte ich ihm ohne Widerspruch.

Wir gingen an der Friedhofsmauer entlang, unter Eichen, deren Früchte vom vergangenen Jahr längst vertrocknet waren und unter unseren Füßen zerplatzten, der Boden schien bei jedem Schritt zu federn. Nach der Trennung von Birgit war ich manchmal auf dem Friedhof spazierengegangen, ziellos war ich durch die Reihen der Gräber gelaufen und hatte die Namen der Toten auf den Grabsteinen gelesen. Einmal hatte eine alte Frau mich gefragt, wen ich denn suche. Was, muß es heißen, hatte ich geantwortet, doch die Frau hatte mich nicht verstanden. Sie hatte einen Packen Briefe aus ihrer Handtasche geholt und mir gezeigt, als könnten sie es sein, wonach ich suchte. Es mußten sehr alte Briefe gewesen sein, die Umschläge waren zerfleddert und so abgegriffen, daß die Adresse kaum noch zu lesen war. Sie habe ihm nie geantwortet, hatte die alte Frau gesagt, nie habe sie ihm geantwortet und dann einen anderen geheiratet, nun sei es zu spät. Die Briefe schienen ihre ganze Habseligkeit zu sein, niemand, hatte ich gedacht, würde sie ihr streitig machen, keiner wird sie einmal erben wollen, bald würde der Name auf den Briefen der Name auf einem Grabstein sein.

Die Ruine der Matthiaskirche, deren Sandstein im Lauf der Zeit vollkommen schwarz geworden war, wirkte jetzt nicht weniger bedrohlich als in der Nacht, obwohl es noch hell war und der monolithische Koloß sich zu einem bizarren Gewirr von Simsen und Säulen, Fenstern, Nischen, Erkern und Fialen aufgelöst hatte. Wir haben keine Chance, nutzen wir sie, stand mit weißer Farbe an einen Mauerstumpf geschrieben. Den Kopf in den Nacken gelegt, den Mund offen, so schauten wir nach oben. Wie hoch es ist, sagte ich. Tauben umkreisten den Turm. Die Stufen zum Portal waren ausgetreten, einige Vorderkanten abgeplatzt. Bergheimer ging voran, ich folgte ihm widerwillig. Wir sprachen kein Wort. Die große rostige Türklinke, die ich in einem letzten sinnlosen Versuch, dem Unvermeidlichen zu entgehen, hatte niederdrücken wollen, ließ sich nicht bewegen. Obwohl es sinnlos war, klopfte ich mit der Faust gegen die Tür, warf sogar meinen Körper dagegen. Sie ist verschlossen, sagte ich. Was sonst, sagte Bergheimer. Also gehen wir, sagte ich, es hat keinen Zweck. Also los, sagte Bergheimer und hatte bereits begonnen, den kleinen Trümmerberg unterhalb eines der wenigen erhalten gebliebenen Fenster zu besteigen. Er kletterte so schnell und erstaunlich geschickt wie damals im Steinbruch. Und ich? Ich weiß nicht, was mich plötzlich ritt, ich schob meine Aktentasche hinter das wallende Gewand einer Sandsteinfigur, die verwittert war von einem Sterben, das schon Jahre dauerte. Der Kopf und ein Arm fehlten, während der andere, so porös und schartig er auch war, mit letzter Kraft in Richtung des Turms wies. Scholze-Hellmich, dachte ich plötzlich, kann mir den Buckel runterrutschen. Dann tat ich es Bergheimer gleich. Der Sandstein fühlte sich rauh an und war noch angenehm warm. Bergheimer war schon ein Stück über mir, er schwitzte, aber er gönnte sich keine Pause, ich vermochte ihm nur mit Mühe zu folgen. Der Maschendraht, den man zum Schutz der Fenster vor Tauben und Plünderern gespannt hatte, machte den ersten Teil des Aufstiegs leicht. Es sei ganz einfach, rief Bergheimer ohne sich umzusehen, es klang fast wie eine Enttäuschung. Wir erreichten einen breiten Sims oberhalb der Fenster, auf dem wir uns aufrichteten und seitwärts, in kleinen schlurfenden Schritten, den Rücken gegen die Wand gepreßt, bis zum Turm tasteten. Noch hätten wir umkehren können, aber keiner sagte etwas. Ich zwang mich, nicht nach unten zu sehen, nur nicht nach unten sehen, dachte ich. Auf jedem Vorsprung lagen Taubendreck und kleine Flaumfedern, die langsam herunterschwebten, wenn wir mit den Füßen dagegenstießen oder mit den Händen einen Halt suchten. Vielleicht stolpert er, dachte ich, hoffentlich stolpert er und wir müssen umkehren. Vielleicht finden wir keinen Halt, dachte ich, doch unsere Hände und Füße fanden immer wieder einen Halt, während eine Taube, sich einen Moment flügelschlagend in der Luft haltend, obwohl sie ihre Krallen weit nach vorn gestreckt hatte, keinen Halt fand und wieder abdrehen mußte. Es war erstaunlich, aber ich hatte keine Zeit, mich zu wundern. An einigen Stellen halfen die Stahlanker, die nach dem Krieg wie riesige Faßreifen um den Turm gespannt worden waren, um seine Stabilität zu sichern. Wir griffen nach den rostigen Schrauben und Profileisen und zogen uns weiter nach oben. Immer wenn Bergheimer sein linkes Knie anwinkelte, rutschte sein Hosenbein ein Stück nach oben, und ich konnte die Prothese sehen, sie schien ihn kaum zu behindern. Ich mußte an Birgit denken und an Scholze-Hellmich, an ihre fassungslosen Gesichter, wenn sie mich so sehen könnten. Egoist, würde Birgit wie immer sagen, und daß ich nur Mut zu sinnlosen Kindereien hätte, Scholze-Hellmich würde mich wahrscheinlich kurzerhand für verrückt erklären. Es war verrückt, und doch war es gut. Es war gut, gerade weil es verrückt war. Und es hatte nichts mehr mit Birgit oder Scholze-Hellmich zu tun, auch mit Bergheimer hatte es nichts mehr zu tun, es ging allein um mich. Ich weiß nicht, wie lange wir kletterten, irgendwann erreichten wir die Plattform, auf der sich vier mächtige Säulen erhoben und die Turmhaube trugen. Hier mußten einmal die Glocken gehangen haben, jetzt gähnte über uns nur ein schwarzes Loch. Bergheimer stieg über die Balustrade und reichte mir seine Hand. Er schaute mich an, und in diesem Moment, so schien mir, hatte ich seinem Blick das erste Mal wirklich standgehalten; dann zog er mich nach oben. Wir hatten es geschafft! In den Ecken lagen tote Tauben zwischen Kleckerburgen aus Kot, einige waren merkwürdig verrenkt und hatten ihre Krallen von sich gestreckt, andere sahen aus, als schliefen sie. Ich hielt noch immer Bergheimers Hand, auch als wir schon auf der Plattform standen, meine Knie zitterten. Die ganze Stadt, in der nun vereinzelt die ersten Lampen angezündet wurden, lag in einem merkwürdigen Zwielicht und erstreckte sich zu unseren Füßen, einige Dächer und Giebel vom letzten Licht des Tages beschienen, golden glänzend zuweilen, zerschnitten von den dunklen Gräben der Seitenstraßen, ein Meer aus Splittern, dazwischen lag wie eine Insel der Goethepark. Selbst das Chaos des Verkehrs schien von hier oben betrachtet einer Logik zu folgen. Fasziniert sahen wir auf das Pulsieren, in dem Bergheimer noch vor kurzem mühelos ein Symptom des drohenden Untergangs gesehen hätte. Jetzt stand er neben mir und staunte. Ich befreite mich aus seiner Hand, es war höchste Zeit für den Rückweg, an den im Dunkeln ja nicht mehr zu denken sein würde. Er könne die ganze Nacht hier oben bleiben, sagte Bergheimer, er wirkte erleichtert und doch ernster, als ich erwartet hatte. Aber was hatte ich überhaupt erwartet? Wir haben es geschafft, sagte ich, als müßte ich ihn erst davon überzeugen. Er zog seinen silbernen Flachmann aus der Innentasche der Jacke. Himbeergeist, sagte er, kein Whiskey, als sei damit alles gesagt. Gierig tranken wir von dem Schnaps. Dann hielt Bergheimer inne und schaute auf die Uhr, er schien auf etwas zu warten. Die Glocken, sagte er, jetzt müßten doch die Glocken der Heilig-Geist-Kirche läuten, es sei nun schon lange nach zwanzig Uhr. Tatsächlich waren die Glocken stumm geblieben, sie hatten schon seit zwei Wochen nicht mehr geläutet. Anfangs war es mir gar nicht aufgefallen, erst der Pfarrer der Heilig-Geist-Kirche hatte mich vor ein paar Tagen auf die Stille hingewiesen, er hatte von der unsäglichen Stille des Unglaubens gesprochen und sich über die Anwohner des Heilig-Geist-Platzes erregt, die erfolgreich gegen das Glockenläuten der Heilig-Geist-Kirche prozessiert hatten. Das Läuten der Stundenglocke sei eine unzumutbare Lärmbelästigung und müsse nicht länger hingenommen werden, habe das Gericht im Namen des Volkes entschieden, hatte der

Pfarrer mir über die Straße hinweg zugerufen, aber ein weltliches Gericht sei in dieser Sache Gott sei Dank nicht die höchste Instanz, er jedenfalls werde…, dann hatte der Lärm eines vorbeifahrenden Autos seine letzten Worte verschluckt. Eigentlich schade, meinte Bergheimer, nachdem ich ihm davon erzählt hatte, ihm werde das Glockenläuten fehlen, das Läuten der Glocken habe ihm gefallen, obwohl er ihnen keinen Schlag habe glauben können. Es war still geworden, unter einem dichten und dunklen Wolkenmassiv sackte das letzte Abendlicht in sich zusammen, zu einem schmalen Streifen gepreßt markierte es noch eine Weile den Horizont, wo es langsam versickerte.

Einmal, sagte Bergheimer, hätten wir allein auf der Bank in der Pflaumenallee gesessen, nur er und ich, es müsse kurz vor meinem Weggang aus dem Dorf gewesen sein, die Zugvögel hätten sich zu sammeln begonnen, riesige Schwärme von Staren, die über die Felder schossen, plötzlich die Richtung geändert hätten, mal einer schwarzen Wolke gleich aufgestiegen wären, dann sich wie ein feiner Nebel auf die Holunderbüsche gesenkt hätten. Man habe aber nicht lange warten müssen, irgendein Geräusch, ein geheimes Zeichen, und schon sei der Strauch explodiert, das Flattern und Kreischen habe sich in alle Richtungen zerstäubt, jäh dann, als habe ein Sturm sie ergriffen, wären die Vögel wieder davongeweht und hätten gleich darauf Leib an Leib die Drähte der Überlandleitungen mit ihrem Gefieder umgarnt. Ob ich mich daran erinnern könne. Nein, ich konnte mich nicht erinnern. Möglich, sagte ich, es war jedes Jahr so. Es sei nie wieder so gewesen, wir hätten allein auf der Bank gesessen, schweigend und fasziniert, und in diesem Moment sei er sich sicher gewesen, daß wir einander ähnlich seien.

Man könne das nicht erklären, diese Momente absoluter Klarheit, in denen nichts passiere und sich doch alles ändere. Plötzlich, von einem Augenblick zum anderen, stelle man alles in Frage, alles, was bisher als vollkommen logisch und gesichert gegolten habe, werde sinnlos. Oder man begreife plötzlich Dinge, die man bislang nie hinterfragt habe. Ihm sei es angesichts der Stare so gegangen, es sei aber völlig gleichgültig, was es sei, ein Wort, der Anblick des Tisches, an dem man jeden Tag sitze, oder das Gesicht des Menschen, mit dem man seit Jahren zusammenlebe, egal, es müsse nichts passieren. Wie es ja auch immer wieder Momente gebe, in denen so viel passiere und sich nichts wirklich ändere, nach denen man bleibe, was man schon immer gewesen sei.

Es war mittlerweile dunkel geworden, die Tauben saßen irgendwo in den Nischen des Turms und gurrten leise. Unter uns funkelte die Stadt, jener mit blinkenden Edelsteinen gefüllten Schatztruhe gleich, die sich einst vor uns geöffnet hatte, wenn wir, über die Pflaumenallee kommend, den letzten Hügel vor der Kleinstadt überquert hatten. Himmlisch, schwärmte Bergheimer, mir schien es eher so, als sei der Himmel abgestürzt. Der Rückweg war abgeschnitten, wir würden die Nacht hier oben verbringen müssen. Morgen, dachte ich, würde Scholze-Hellmich zum Chef gehen und meine Entlassung verlangen, es war mir egal. Und dann passierte es. Bergheimer faßte plötzlich die Außenkante der hüfthohen Brüstung, die noch immer warm war, beugte sich über sie, schaute einen Moment nach unten ins Nichts und setzte dann den Fuß seines linken Beins mit einem überraschend kühnen Schwung auf die Balustrade. Fliegen, sagte er leise, sonst nichts, nur dieses eine Wort: Fliegen.

In den folgenden Tagen, Scholze-Hellmich hatte wie erwartet meine Entlassung gefordert, versuchte ich mich immer wieder daran zu erinnern, was geschehen war, unmittelbar nachdem sich Bergheimer über die Brüstung gebeugt, den Fuß auf sie gesetzt und das Wort Fliegen gesagt hatte. Drei, vier Sekunden, länger dürfte es nicht gedauert haben. Aber was war passiert? Alles lag wie unter einem dichten Schleier, den ich nicht zu lüften vermochte. Hatte ich wirklich, wie ich mir nun einredete, sofort versucht, ihn von der Brüstung zurückzureißen? Oder hatte es nicht doch diese drei, vier Sekunden des Zögerns gegeben, diesen kurzen Moment, in dem ich die Augen geschlossen hatte und die Traumbilder von Bergheimers Sturz noch einmal aufgeblitzt waren? Hatte ich ihn, in Regungslosigkeit erstarrt noch immer und vielleicht sogar mit einem Gefühl befreiender Erleichterung, am Fuße der Matthiaskirchruine aufschlagen sehen und meine Hand erst auf seine Schulter gelegt, nachdem er sich auf der Plattform des Matthiaskirchturms schon wieder aufgerichtet hatte? Bergheimer jedenfalls hatte plötzlich wieder neben mir gestanden, keine Angst, hatte er ganz ruhig gesagt, morgen sei schließlich auch noch ein Tag.